TIO ZULMIRO NÃO SE CHAMAVA ASSIM

JACYR
PASTERNAK

TIO ZULMIRO NÃO SE CHAMAVA ASSIM

REFORMATÓRIO

Copyright © 2023 Jacyr Pasternak

Tio Zulmiro não se chamava assim © Editora Reformatório

Editor:
Marcelo Nocelli

Assessoria editorial:
Heidi Strecker

Revisão:
Marcelo Nocelli
Natália Souza

Capa:
Gabriela Nocelli

Foto de capa:
Crise, Moeda Brasileira – FJZEA – Metepec, Mexico

Design e editoração eletrônica:
Karina Tenório

Dados Internacionais de Catalogação na Publicação (CIP)
Bibliotecária Juliana Farias Motta CRB7/5880

Pasternak, Jacyr, 1940-

Tio Zulmiro não se chamava assim / Jacyr Pasternak. – . São Paulo: Reformatório, 2023.

180 p.: il.; 14x21 cm.

ISBN: 978-65-88091-73-9

1. Romance brasileiro. I. Título.

P291t
CDD B869.3

Índice para catálogo sistemático:
1. Romance brasileiro

Todos os direitos desta edição reservados à:

Editora Reformatório
www.reformatorio.com.br

Este livro é dedicado à
memória de Kiyoko

Sumário

Parte I – O PLANO, 9

Capítulo I, 11

Capítulo II, 25

Capítulo III, 33

Capítulo IV, 41

Capitulo V, 51

Parte II – EM CAMPO MINADO, 61

Capítulo VI, 63

Capítulo VII, 75

Capitulo VIII, 87

Capitulo IX, 103

Parte III – SALVE-SE QUEM PUDER, 113

Capitulo X, 115

Capitulo XI, 127

Capitulo XII, 135

Capitulo XIII, 139

Capitulo XIV, 149

Capitulo XV, 153

Capitulo XVI, 157

Capítulo XVII, 167

Epilogo, 173

Parte I

O PLANO

Capítulo I

Tio Zulmiro não se chamava assim; o pessoal sempre o considerou mero apêndice de tia Zulmira. A turma se espantava com o fato de tia Zulmira, com seus 90 kg distribuídos no espaço de 1,54m de altura (ela dizia que tinha 1,56m e, como todo mundo, mentia o peso), tinha aceitado se casar com ele, que nunca foi de dar duro na vida. Mas pelo menos ela tinha deixado claro quem dava as cartas no matrimônio. Tio Zulmiro não se queixava, pois quem ganhava o sustento dos dois era ela. Ele fazia bicos, sem grande sucesso. Certa vez, entrou para uma firma de Maridos de Aluguel, mas as clientes reclamavam: "Se é para mandar um cara igual ao meu marido, com a mesma incompetência para consertar os canos da minha casa, eu dispenso. Fico com o estrupício que Deus me deu, pelo menos é de graça!"

Tia Zulmira se virava: professora de português em duas escolas, uma delas pública e outra particular. Na pública, os moleques não respeitavam ninguém, muito menos ela. A classe tinha pelo menos 40 marginais, quase metade vindo de algumas repetições e esperando a hora de arrumar uma boca com o traficante que mandava no pedaço. A outra, a particular, tinha uma doutrina a ser seguida. Fiscalizada pelo diretor, que não por acaso era um dos donos, nela o aluno sempre tinha razão, mesmo quando não tinha razão nenhuma. Na verdade, não era bem assim. A lei era que o pai, a mãe ou fosse lá quem fosse o responsável pelo pagamento da mensalidade sempre tinha razão. Reprovar alguém era quase impossível. Tinha menos alunos por classe, mas a disciplina era equivalente à da escola pública, com o agravante de que, se o professor reclamasse, vinha sempre o futuro capitalista ou dono de empresa ou a futura dondoca ou troféu do capitalista do ano dizer em alto e bom som: "Meu pai está te pagando, pô!" Eles eram de primeira classe, os professores de segunda ou terceira, tidos com a mesma consideração que eles davam às empregadas domésticas. Além das suas muitas aulas, tia Zulmira ainda dava reforço de português, história, geografia e qualquer coisa que não fosse matemática para alguns dos alunos da escola particular, cujos pais mais lúcidos percebiam que seus rebentos, se continuassem no mesmo ritmo, iriam rebentar no teste do ENEM ou em algum vestibular. Com tudo isto tia Zulmira se virava e sustentava a ela e ao tio Reynaldo (com y, como ele fazia questão de salientar). Não que alguém desse bola ou o chamasse de Reynaldo: era sempre Zulmiro. Ele nem reclamava mais.

Um dos maiores problemas de tio Zulmiro era descolar algum da tia Zulmira para tomar umas cervejas com os amigos, jogar conversa fora e discutir os temas obrigatórios das conversas de bar. Numa tarde ensolarada de março, tio Zulmiro conseguiu com dificuldade algum dinheiro com tia Zulmira e se mandou para o Bar do Portuga. Era um portuga diplomático: ouvia tudo, não falava nada a não ser insistir que fiado só a Deus, o resto se pagava à vista.

Na mesa apertada do boteco, as pautas eram sempre as mesmas: política, futebol e mulher. Política levava a brigas e perda de amizades, de modo que sobrava futebol e mulher. Futebol no Brasil estava horrível e parecia frescura discutir o futebol espanhol ou inglês. Sobrava o inesgotável assunto: mulher. Tio Zulmiro ouvia. Ele não tinha muito o que falar da tia Zulmira. Os amigos às vezes assuntavam: "Como é que você arrumou essa boca?" Ele se omitia e deixava o mistério no ar... Em compensação, o papo dos amigos o deixava morrendo de inveja: "O Heitor pega todas" — dizia o Eduardo — "se tiver saia o Heitor pega, nem que seja o bispo de Botucatu".

Heitor fingia que se ofendia:

— E eu vou comer macho de batina? Tá achando o quê?

Eduardo dava risada, e provocava:

— Tá bom, bispo não, mas tu pega cada coisa que, se não parece com o bispo, parece com o padre Chico, que te comeu quando tu era coroinha — e completava — eu sabia que tu cortava dos dois lados.

Heitor não se deu por achado:

— Eu era um bobo carola, isso sim, acreditava no inferno, mas depois que o padre Chico me explicou que tudo isto era bobagem, que ele era padre, mas não acreditava, que só não largava a batina porque com a batina ele comia os meninos que ajudavam na missa... E eu, inocente, ainda perguntei a ele: "Mas, e o padre Jonas? Ele não acha ruim? Afinal, ele é o pároco." E o padre respondeu: "Este eu como só por obrigação e pela disciplina da Igreja, ele é meu superior".

— Jura? Falou assim mesmo?

— Eu vou te dizendo antes que você me encha o saco, depois da iniciação com o padre Chico, dois dias depois, eu achei que precisava me entender melhor e fui atrás de mulher. Velho, não tem comparação, é muito, muito melhor!

Concordância geral, todo mundo tinha a mesma opinião. Segundo Elias, porém, o turco da loja de bijuterias, mulher era ótimo, mas tinha problemas: "elas começam ótimas, fazem tudo que a gente pede, mas dá umas duas semanas e já ficam suas donas, querem te enquadrar, nada do que você faz está certo... Se você não prestar atenção, você arruma uma patroa e o que é pior... nem dá para falar uma coisa destas... você casa!

Silêncio geral, seguido por goles e mais goles de cerveja. Tio Zulmiro ficou assustado com o andar do papo, pelo jeito ia sobrar para ele. Ninguém mais bem domesticado por tia Zulmira. Resolveu tentar mudar o rumo da conversa e apelou para a economia:

— Pessoal, a coisa está muito ruim com esse negócio do vírus da China, tudo parado. Ainda bem que eu não tenho emprego, senão já o teria perdido, e estaria, ou na rua, ou em casa sem receber. Nesta hora é que a gente vê como é bom ter salário público, ele vem de qualquer jeito e a Zulmira pode faltar um mês por ano, sem problemas. O diabo é a escola particular. Fecharam a escola e a direção inventou que a Zulmira vai ter que dar aula virtual. Ela nunca fez isso. Os caras montaram um sistema de câmera no computador, e lá vai a Zulmira falar com a câmara.

— Que tal? — assuntou Eduardo.

— O que ela diz é que tem vantagem e desvantagem. A vantagem é não ter que ver a molecada mal-educada jogando videogame ou conversando durante a aula. E com aqueles moleques ricos, bronca não adianta. A desvantagem é que os caras cronometram a maldita aula, então uma hora é uma hora. Quando a aula é presencial, ela consegue comer uns 15 minutos na chamada, e mais uns dez minutos acabando a aula mais cedo, pra felicidade geral da turma.

— E a escola pública? — continuou Eduardo.

— Essa continua pagando em dia, salário integral e felizmente com os marginais em casa. Segundo a Zulmira, o Secretário da Educação com minhoca na cabeça está querendo que os professores também deem aula virtual. Mas parece que tem a dificuldade de nem todos os alunos terem computador. Alguns até têm, mas é mais para fazer as planilhas da venda de maconha ou então assistir a filmes de sacanagem.

Pronto, o assunto voltou ao tópico principal — mulher. Guilherme, o mais novo deles, comentou:

— Do jeito que está, pegar uma dona é um perigo, a gente pode se contaminar. Agora só filme de sacanagem mesmo.

Elias não concordou:

— Esses filmes são tudo treta. Aquelas mulheres fingindo que gozam, os rapazes não devem ter aquelas mangueiras que ninguém tem, é tudo truque de fotografia ou retoque.

Heitor deu uma gargalhada:

— E tu confessa que assiste estas coisas?

— Por que não? Todo mundo vê e depois fala que não viu e não gostou. Tudo mentira: viu, gostou e morreu de inveja. Eu queria um emprego como ator neste tipo de filme.

— Com essa cara feia? Com esse narigão?

— E quem se preocupa com cara? O que vale é outra coisa e, modéstia à parte...

Risadas gerais. Gritos. Apupos. E um coro começou:

— Mostra! Mostra!

Zulmiro ficou irritado:

— Não quero ver essa coisa, que gente mais sem graça...

— E o senhor quer ver o quê?

— Grana! Dinheiro! Tutu! Só com os salários da Zulmira a gente paga mal e mal o aluguel. E vamos comer como?

Silêncio de novo. O problema de insuficiência monetária não era só de tio Zulmiro. Diante disso, pediram tremoços e beberam mais cerveja. O Portuga só olhava, preocupado com a conta: "Se estes caras estão pensando que vão pendurar, estão muito enganados." Finalmente Eduardo resolveu filosofar:

— Com esta porra do vírus por aí, está tudo fechado, nem dá para vender café na rua porque na rua não tem ninguém. Lá na oficina estamos parados e o patrão já falou que se ficar assim mais um mês ele quebra. E a gente quebra junto.

— E quem não quebra? Bar, restaurante, até loja de shopping.

— Vão fechar os shoppings?

— Meu, vão fechar tudo. Tudo. Nunca vi uma coisa dessas...

Eduardo pensou um pouco. Depois falou lentamente com sua voz de barítono:

— Eu tenho uma vizinha que trabalha no Hospital Albert Einstein. Ela é assistente administrativa, vulgo "escriturária", e lá trabalho é o que não falta. Ela me disse que os caras estão com uma fila para fazer exames deste vírus a perder de vista — espanto geral, Eduardo continuou — Em grandes crises os homens de visão enxergam grandes oportunidades.

A turma ficou olhando:

— Oportunidade?

— É. Vocês nunca leram livros de administração, mas eu li. E lá está claro que grandes empresários encontram um nicho a ser explorado em qualquer tipo de crise. Por exemplo, quando os caras descobriram ouro no norte do Canadá, não foram os mineiros que ficaram ricos. Todo mundo caçava ouro e o que cada um tirava mal dava para o gasto. Quem ficou rico foi o avô do Trump, o ex-presidente dos Estados Unidos. Ele percebeu um negócio sem risco, sem escavação e sem disputa por lugar na bala.

— E o que foi?

— Um monte de mineiros e nenhuma mulher. Ele abriu o melhor puteiro do Norte, com meninas bem escolhidas e seguranças bem parrudos e ficou rico, tão rico que sobrou para o filho e o neto. Dizem que se o Trump tivesse deixado a grana que herdou dos dois no mercado financeiro, estaria muito mais rico do que ele é.

Heitor deu uma pensada e olhou para o Eduardo:

— Hum... Então os caras têm fila para fazer o exame. E se a gente vendesse senhas, para furar a fila?

— Se desse... Mas isto é muito complicado, os caras devem ter controle, não é por aí. Mas fiquei sabendo que eles colhem exame em casa, ou seja, se a gente divulgar nas redes sociais que colhemos exames em casa, se formos às tais casas e fizermos de conta que colhemos o exame e cobrarmos... Eles estão demorando uma semana para dar o resultado e quando os caras forem se queixar, não vão traçar a gente nunca...

— E como vamos colher estes tais exames?

— Perguntei para a menina, é sopa. Precisa só de cotonetes, qualquer farmácia tem, e uma caixa para pôr os tais cotonetes. Para colher, se eu entendi, é só enfiar o cotonete no nariz da pessoa, depois tchau e bênção...

— E carro para chegar na casa dos caras?

— Uber. O truque é pegar o endereço, a gente pega a tua moto até meio perto, aí chama um Uber, o cara leva a gente até o endereço e depois de volta, deste jeito não nos traçam...

— Mas e o cara do Uber?

— Fácil. O meu patrão volta e meia me manda comprar peças lá no raio que o parta, e eu uso o Uber dele, no outro telefone celular mais vagabundo que ele tinha e guardou quando comprou o hipermoderno que ele exibe por aí. O celular velho fica pendurado perto da mesinha das peças pequenas e é só pegar. Claro que vai cair na conta dele, e ele vai reclamar comigo e eu invento que usei porque tinha gente doente na família, e eu pago o muquirana o que o Uber mandar de conta, aí ele nem se incomoda mais... Se pegarem algum Uber e forem ver quem pagou, está no nome dele e, sinceramente, eu quero mais é que ele se ferre. Depois, se acontecer, já passou um tempo, eu não sou o único que usa o Uber dele, tem mais dois, enfim até chegar em mim eu estou longe daqui, numa praia, tomando água de coco e paquerando umas minas.

Tio Zulmiro se ofereceu:

— Eu já trabalhei em posto de saúde.

— Você?

Tio Zulmiro falou:

—Foi por pouco tempo. Eu tinha um parente de longe e quando eu não consegui entrar em nenhuma faculdade fui falar com ele, e ele era cabo eleitoral de um vereador que nem mais lembro quem é. Ele me arrumou este bico, num posto de saúde marreta lá da zona norte. Só para ir eram duas conduções mais o metrô. Enfim, eu ficava fazendo ficha de vacinação e preenchendo um monte de papel que aposto que ninguém lia, e via as enfermeiras aplicando vacina. Se você põe um avental branco e faz cara de quem entende do assunto, ninguém pede documento ou desconfia.

Heitor completou:

— Avental do Einstein eu arrumo. A Miminha, o meu último caso, que eu compartilho com um rapaz que trabalha lá... Não sei o que ele faz, mas ele traz uns aventais para lavar, e sempre tem dois disponíveis, um ele usa e o outro fica pendurado na casa dela.

— O rapaz sabe desse compartilhamento? Ou você não é suficiente para a menina e ela precisa, como dizer, de mais atividade?

Heitor riu:

— Se fosse por isso, meus amigos, ela não precisava se preocupar. O problema é que sou um duro em todos os sentidos e ela precisa de algum apoio financeiro, o rapaz dá, ela dá para ele, negócio mais comum do mundo.

Eduardo pediu mais algumas cervejas:

— Eu acho que até sei como eles colhem o exame, enfiam um cotonete no nariz e na garganta. A Efigênia, lembram dela, aquele mulheraço que morava lá na esquina, um dia me contou que precisou colher exames para ver se tinha uma virose respiratória, seja lá o que for isso. Ela me contou que o negócio incomoda, te enfiam o cotonete até lá em cima...

Estou começando a gostar da proposta. Vamos colocar na internet um site com cara de Einstein explicando como é que fazemos esta coleta. Isto eu sei fazer. E podemos até pedir pagamento adiantado pelo cartão. Eu arrumo uma conta e o sistema para que o pagamento caia lá. Ou vocês acham melhor não sofisticar e ficar só no dinheiro à vista?

Zulmiro foi categórico:

— Dinheiro, em espécie. Não confio neste negócio de pagar pela internet e tem mais gente que nem eu.

Eduardo rosnou, revirando os olhos para cima:

— Mais dinossauros...

— Peraí, sem desaforo. E depois, seu Eduardo, fica muito mais fácil de traçar e nos deixar na mão. Dinheiro é dinheiro, a gente divide na hora. Ou você acha que eu vou confiar que depois que o dinheiro cair na tal conta, que é claro, vai ser em seu nome, você vai dividir com a gente? E se você sumir do mapa?

— Não confia em mim?

O silêncio ensurdecedor que se seguiu deixou claro que a plateia não confiava no Eduardo. Nem em nenhum outro participante da turma, pelo menos não quanto ao dinheiro na mão.

Heitor pediu uns tremoços para ajudar na digestão da cerveja. O mais quietinho do bando então resolveu intervir. O Ananias.

— Então, pessoal, vamos colocar esse plano em prática.

Ananias tinha este nome porque o pai era crente e ele também tinha sido até o momento em que rezou para Deus mandar uma grana ou arrumar um emprego e Deus não deu a menor bola. Foi se queixar ao pastor e o pastor fez questão de dar uma rezadinha com ele, mas depois falou que tudo bem, dízimo ele sabia que não dava, o Ananias até brincou:

— Pastor, dízimo é um décimo do que ganho, como não estou ganhando nada, dou para a Igreja um décimo desse nada, tudo bem? Não, o pastor não disse que estava tudo bem, ele disse que para uma rezadinha particular precisava de um óbolo. Nem disse quanto, disse que ficava a critério do fiel, mas que esta dívida estava lançada no livro que Deus guardava lá em cima, e no dia do Juízo Final dívida não paga é um passaporte para o inferno.

Ananias parou de ir à Igreja e de andar de paletó amarfanhado e gravata molambenta, e se juntou ao grupo para tomar umas cervejas e ouvir aquelas coisas indecentes, que o pastor nunca falava...

Capítulo II

O pessoal começou a achar que estava com uma proposta séria. Na reunião seguinte, que foi na casa do Eduardo, a discussão continuou. Cada um levou uma miserável garrafa de cerveja, que é o que as finanças permitiram. E saiu mais barato que no bar do Portuga, além do supermercado aceitar cartão de crédito. Quem começou foi o Elias:

— E a parte operacional, como fica?

— Vamos em dois. A gente dá pinta de cara do Einstein: vai bem arrumado, barbeado, com banho tomado e falando difícil do tal vírus que está por aí, e que só o Einstein faz este exame direito, e que está cheio de doente grave na UTI. É só repetir o que o jornal e a televisão estão falando, que aí a credibilidade aumenta.

— Mas o que você entende de credibilidade? — perguntou Eduardo.

Ananias se manifestou:

— Até que entendo. Acreditei no pastor, no evangelho, no Demo, no fogo dos infernos, na honestidade daquele outro pastor que o meu mandou votar para deputado federal. Credibilidade, meus amigos, é imagem. Que nem o pastor: paletó, gravata, pinta, cabelo gomalinado, e o filho da puta ainda por cima têm olhos azuis: quem vai resistir? Portanto companheiros, se é para fazer, precisa falar de precauções, dizer que a pessoa deve ficar em repouso por 14 horas depois da colheita.

Heitor riu:

— É "coleta", irmão.

— Como é que você sabe?

— Sei pela Miminha, que sabe pelo Edgar, o meu coparticipante nela, gente do Einstein, pô!

— E importante: só começar o procedimento depois de receber. Aposto que é assim que os caras fazem. E claro, dar recibo.

Aí foi a vez do Heitor:

— Eu conheço um rapaz da gráfica lá do fim da rua. A gente faz uma vaquinha...

Tio Zulmiro protestou:

— Pra que vaquinha? Você adianta para a gente e depois a gente acerta com a grana que vai entrar...

— Meu amigo, não é que eu não queira, mas estou a zero...

Ananias foi claro:

— Sem recibo timbrado nem vale a pena tentar, vão nos pegar na hora...

Por consenso fez-se a vaquinha. Não deu muito, mas Eduardo explicou:

— O rapaz vai topar receber depois, vou dizer para ele que está sendo um investidor-anjo na nossa empresa. Podemos até, se vocês toparem, colocar ele de sócio, assim quem sabe ele deixa a cobrança para depois.

— E o timbre, a marca, o CNPJ? — perguntou o Zulmiro:

— Isto é a coisa mais fácil, a gente puxa da internet.

— E a roupa branca?

— Fácil, eu tenho um terno que usei para participar de uma cerimônia de Iemanjá — informou o Ananias.

Heitor deu uma risada gostosa:

— Terno na praia?

— E quem disse que foi na praia? Foi num terreiro aqui perto, e o pai de santo queria que a gente comprasse umas joias — podia ser bijuteria, mas tinha que ser da loja do Elias. Como disse o pai de santo: "O meu filho espiritual, o Elias, está numa pior. Se não faturar, não vai poder pagar o aluguel." Então a gente comprou, foi no terreiro, fizemos as oferendas e o pai de santo prometeu colocar tudo num barco de papel e jogar no mar em Santos.

Elias levantou as mãos aos céus, e riu:

— Paguei umas cervejas para este malandro e até que o movimento do mês foi bom...

— E ele foi colocar o barquinho no mar?

— E eu sei?

— Alguém ficou olhando a mulher do pai de santo, para ver se ela estava usando as bijuterias?

— Não é por aí. O pai de santo é do time do Heitor...

Heitor riu:

— Vai espalhando que sou bicha, vai, que uma das melhores formas de arrumar mulher, acreditem se quiserem, é dar pinta de bicha, falar de arte, de espiritualidade, de paz e amor. Quando você menos espera, ela já está louca para mudar sua orientação sexual, e satisfeitíssima quando consegue...

Silêncio. Tio Zulmiro sacou da bolsa um sanduíche de mortadela e engoliu de uma vez só. Assim que a plateia digeriu a dica monumental do Heitor, Eduardo voltou ao tema inicial:

— Peraí, a gente não está discutindo o que o Heitor come, ou diz que come, mas uma solução para nossa miséria. Gostei do negócio da gráfica, e se der para arrumar um sócio capitalista... o rapaz da gráfica...

Heitor debochou:

— Chamar o João Grandão Bobo de sócio capitalista é um puta exagero. O João tem este apelido porque ele mede 1,90 m, mas o cérebro não cresceu com ele.

Tio Zulmiro, o mais velho dos presentes, sintetizou:

— Então, caros colegas da diretoria da empresa, vamos providenciar os insumos para iniciar nossa firma. O Heitor vai arrumar o recibo, o candomblecista, o terno

28 *Jacyr Pasternak*

branco, eu tenho uma roupa que dá para passar por chofer, incluindo o chapéu.

— Onde é que você arrumou a fatiota?

— *Fati...* o quê? Fala língua de gente! Mas é o seguinte: tinha um vizinho que era coronel do Exército e a Zulmira, sempre atrás de um reforço no salário, se ofereceu para lavar e arrumar a roupa do cara. Ele tinha aqueles quepes de coronel. Um dia quebrou o enfeite que fica em cima, na frente, e ele perguntou se a Zulmira queria ficar com ele porque o exército dava outro, era só pedir. Ela aceitou e o raio do quepe está lá em casa até hoje.

— Mas se a gente for de moto este negócio não vai parar na cabeça...

— E quem disse que a gente vai na moto com ele na cabeça? Vocês só pensam com a outra cabeça, pelo jeito... A gente só vai pôr quando entrar no Uber.

— E quem não usa nenhuma cabeça? Você não tem nenhuma. Se o Uber está nos levando, pra que roupa de motorista? Faz mais sentido fazer assim: um de branco com pinta de doutor de televisão, bem arrumadinho, bonito.

Heitor vibrou:

— Sou eu!

— Até pode ser. Não vai ser o Zulmiro que é muito velho e muito gordo...

Tio Zulmiro protestou:

— Gordo uma vírgula! Robusto!

— Só na cintura...

— Calma, turma, não vamos ficar discutindo a circunferência do Zulmiro.

— *Circum* quem?

— Circunferência, vô. Cintura! Barriga! Deu para entender?

— Deu e não gostei, tá?

— Vamos parar de ser tão frescos, Zulmiro. Voltando ao assunto, quem se responsabiliza pela logística?

Ananias, que era mais dado a literatura e a língua portuguesa e que já tinha decorado pedaços da Bíblia, levantou a mão:

— Deixa comigo. Vamos recapitular: o Eduardo passa a mão no telefone do patrão, as roupas o Eduardo também se encarrega, a Miminha arruma pelo menos dois aventais do Einstein, o Heitor vai contatar e contratar o nosso novo sócio e o Zulmiro...

Silêncio. Tio Zulmiro se ofereceu:

— Eu conto a grana e faço a contabilidade.

Heitor não resistiu:

— Vai ser a primeira vez que uma firma vai à falência antes de começar... Deixa o Elias fazer as contas, que disto ele entende...

E assim ficou resolvido. Tio Zulmiro não iria mexer na grana, mas se encarregaria de lavar e passar os aventais e as roupas para o pessoal ficar apresentável.

Ou seja, como sempre sobraria para Tia Zulmira. Tio Zulmiro reclamou:

— E o que eu falo para a Zulmira?

Veio uma chuva de sugestões: "Sim, senhora!", "Sim, meu bem!", "Tudo certo, amor!" "Claro, querida!" Ou alguma variedade disso.

— Sem essa! — interrompeu Tio Zulmiro. Como eu explico pra ela, atolada de trabalho, que ela vai ter mais trabalho?

Eduardo sugeriu:

— Diz que arrumou uma boca e que ela vai ganhar muito bem pelo serviço.

— Quanto?

Resmungos, até que o Heitor sugeriu:

— Vamos fazer como com o João Grandão Bobo. Ela vai ser paga — e bem paga — senão dançamos com o lucro da operação. Aliás, não é assim que se paga lavagem de roupa? Você deixa a roupa e paga na retirada.

— Pois é na primeira retirada não temos nada...

— Como não temos? A primeira retirada da roupa é depois que já ganhamos algum...

— Não senhor, precisa lavar a roupa antes de começar. Você não sabe em que estado ela está. E vamos precisar de mais jalecos: só o que a Miminha vai descolar do Edgar não vai ser o suficiente.

Capítulo III

No dia seguinte, uma nova reunião na casa de Eduardo. Cada um levou uma miserável garrafa de cerveja, antevendo um futuro com mais chopes e outros comestíveis e bebestíveis. Por enquanto assim saía mais em conta que o bar do Portuga, já que supermercado aceitava cartão de crédito.

Iniciada a reunião, para surpresa geral, tio Zulmiro deu uma ideia aproveitável no capítulo "pagamento da Zulmira": uma caderneta novinha. — É para colaborar com o grupo, tá aqui a caderneta novinha. Comprei na papelaria, estava em oferta e não vou cobrar de vocês. É uma colaboração altruísta à empresa. A gente faz a caderneta e paga tudo no fim do mês. Até lá a gente tem dinheiro.

Gostaram da ideia, mas tiveram outra que deixou o tio Zulmiro possesso:

— A lavagem sai da parte do Zulmiro, assim ele dá um jeito na Zulmira e baixa o preço.

Tio Zulmiro protestou energicamente. Disse que ia cantar a Zulmira para dar um desconto bom, mas que também não dava para exagerar, senão ela não pegava o serviço. E afinal, a firma era de todos, porque descontar só dele? Os outros se convenceram. Guilherme observou:

— Tá nascendo.

Silêncio. Um ficou olhando para a cara do outro por um instante, até que Eduardo quebrou o gelo:

— Então, caros sócios e amigos, terminou a cerveja e terminamos a reunião. Marcamos a próxima para aqui mesmo, amanhã e até lá quem ficou de arrumar os insumos, etc., faz o relatório.

Alguém ainda perguntou:

— Fazemos a ata da reunião?

Muitas risadas e uma sugestão:

— O Zulmiro faz a ata, que assim não ata nem desata...

Na reunião seguinte ninguém perguntou da ata, para felicidade do tio Zulmiro, que não era dos melhores amanuenses do mercado.

Elias iniciou com a primeira sugestão:

— Cadê as cervejas?

Resmungos gerais. Eduardo foi franco:

— Não tem dinheiro em caixa, mas vai ter. Não tem cerveja, mas vai ter muita. Não só cerveja: vinho, champanhe, uísque, vodca.

Ananias se manifestou contra:

— Não é porque eu fui aprendiz de pastor, mas vodca é demais. Você bebe, não tem cheiro e você cai na rua estatelado.

Elias chamou à ordem:

— Se é para eu fazer a contabilidade e a gente se organizar devidamente, precisamos definir algumas coisas. Acho que devemos escolher o presidente da empresa e discriminar os demais cargos.

Tio Zulmiro foi o primeiro a se candidatar:

— Eu topo ser o presidente!

E uma voz da plateia, não claramente identificada, clamou:

— A firma morre sem ter nascido, com este presidente...

Tendo ficado claro que tio Zulmiro não era a opção mais popular para o cargo, Elias sugeriu:

— Vamos votar! Voto secreto é claro.

Heitor protestou:

— Que voto secreto que nada. Não estamos escolhendo o presidente do Brasil. E vejam que porcaria que o voto secreto para presidente deste país nos arrumou... Não, somos todos amigos? A gente vota aberto, cada um se responsabiliza pelo que votou e se der merda a gente sabe de quem é a culpa.

Foi voto aberto. Tio Zulmiro teve um voto, o dele. Quem ganhou foi o Ananias, um cara sério com prática religiosa.

Como ele mesmo dizia: "A gente desacredita, mas não perde o jeito de crente." O relatório de insumos foi muito satisfatório. O rapaz da gráfica, o João Grandão Bobo, topou entrar como sócio. Heitor ficou de trazê-lo para a reunião seguinte. Segundo ele, saía baratinho a impressão do recibo. E puxar o logo do Einstein então era sopa:

— Está cheio deste logo na internet. E um avental é pouco, precisamos ver se a Miminha descola mais alguns do Edgar.

Depois de uma discussão rápida, os presentes toparam incorporar a Miminha ao grupo, mas — como Eduardo sugeriu — para trabalhar também na coleta:

— É bom ter uma mulher lidando com o público, facilita a vida. Eu não conheço a Miminha, Heitor, como é o jeito dela?

— É uma menina gentil, tem a voz fininha, mas dá para entender o que ela fala. E tem mais uma qualidade, ela fez curso de inglês e diz que se vira bem na língua. Como entre o pessoal que usa o Einstein tem de tudo, inclusive gringo, é uma boa ter quem entenda. Tem algum de vocês que fala inglês, por falar nisso?

Ninguém respondeu.

— Imaginei que não tivesse — continuou Heitor. — Então a Miminha vai quebrar um galho. E ela tem tempo, eu sei que ela perdeu o emprego. E depois... hoje em dia quem é que não tem tempo? Está tudo parado mesmo.

Elias anotou:

— Próxima reunião, João e Miminha.

— E o celular do patrão?

— Está aqui!

— Então vamos fazer outra vaquinha para comprar pelo menos duas caixas de cotonetes, uns frascos para enfiar os tais cotonetes, álcool...

— Para que álcool?

— Uai, eles não usam álcool no laboratório?

— Para colher sangue, sua zebra! Ou você acha que vamos passar álcool no nariz dos otários?

Elias interveio:

— Sem insultos, companheiros. O amigo só quis ajudar, e se a sugestão não foi boa — e parece que não foi — é só explicar por que. E vamos precisar de álcool, sim, para passar nas mãos na hora de entrar nas casas, cumprimentar as pessoas, estas coisas que todo mundo faz hoje, esqueceram?

Heitor levantou a mão:

— Elias vai ser nosso vice-presidente, ele é bom de dirigir assembleia... Além de tocar a contabilidade.

O único que não achou adequado o acúmulo de cargos foi Tio Zulmiro:

— Tudo bem, a gente confia no Elias, eu acho o Elias um cara bacana que até me facilitou quando tive que dar uns enfeites para a Zulmira porque... Ora, o porquê não tem nada a ver. Mas quem checa o que o Elias vai fazer? Não pode deixar tudo na mão dele.

Heitor ponderou, com uma risadinha:

— E não é que o Zulmiro tem razão! Podemos fazer o seguinte: montar um conselho para ajudar o Elias e ver as contas...

— Um conselho, sim, e que tal todos nós sermos sócios no conselho?

— Só os sócios atuais ou contando com os futuros, como João e Miminha?

— Os atuais, os fundadores da firma.

A proposta foi aprovada por unanimidade. O tópico seguinte era o início da fase operacional. O consenso foi que assim que os insumos estivessem disponíveis e o site feito, era só começar.

Heitor teve uma dúvida:

— E nossa sede? Onde guardamos os tais insumos?

Eduardo ofereceu:

— Aqui em casa. Estou sozinho desde que a Lydia se mandou, então tem espaço.

Tio Zulmiro, que era curioso e inconveniente, perguntou:

— Mas o que houve, Eduardo? Vocês pareciam tão bem...

— Ciúme dela, não me deixava nem sair com os amigos, era o tempo todo me cobrando... Onde tinha ido, onde andava, porque eu não ganhava mais... Dizia que o meu patrão estava me explorando — como se eu não soubesse — e um dia ela pegou a malinha, me avisou que estava indo embora. E foi...

Heitor foi compreensivo:

— Tá cheio de mulher por aí, Edu. Logo, logo tu arruma algo melhor. Não que a Lydia não valesse a pena, era bem jeitosinha. Mas com a grana que vamos ter, vai ser muito mais fácil achar mulher, tu vai ver.

A sala se encheu de suspiros esperançosos. Até que Elias perguntou:

— Eduardo, será que não tem uma mísera cervejinha perdida na geladeira?

Eduardo foi preciso:

— Só tem o fantasma do espírito da Lydia.

A segunda reunião se encerrou ali mesmo. Elias proclamou que a próxima seria no bar do Portuga, com tudo que é preciso para uma boa reunião: cerveja, mortadela, tremoços, bolovo. Tio Zulmiro lembrou que tinham fechado por causa da pandemia. Houve risadas gerais:

— Tá fechada a porta da frente. Entramos por trás que dá tudo na mesma, o Portuga só aumentou os preços.

— Sacana!

— É, e se tiver multa, pagamos para ele?

Um coro respondeu:

— Nem fodendo...

Elias cortou a conversa mole:

— Vamos checar se tudo está aqui, nos conformes. O Eduardo vai fazer o site, roda uma versão beta e a gente põe no ar no dia do começo. Depois o Eduardo fica olhando o site e pegando os endereços dos otários. Então, meus amigos e sócios, estamos com a empresa pronta e ganhando uma grana boa. Sem impostos, licenças, estas malandragens do governo que comem metade do que você ganha. E sei bem disso porque na minha loja de bijuterias que faz tudo — perdão, quase tudo — legalmente, metade vai mesmo para o governo em cada nota fiscal. Pior que isso, quando eu dou uma nota e o cliente não paga, o governo pega o dele mesmo quando eu não tirei nada, e se isto não é roubo, não sei o que é — Fez uma pausa e, encarando os colegas, riu — Mas isto não é com a gente. Estes filhos da mãe não vão levar um tostão nosso...

Tio Zulmiro teve outra ideia:

— Mas a gente pode colocar no recibo uma linha para impostos, alguma coisa como ISS, fica com cara de coisa mais oficial e a gente ganha mais cobrando o imposto do cliente. Tem problema colocar isso, a gráfica cobra mais?

Heitor disse que ia falar com o João, mas não acreditava que aumentasse o preço. Ainda acrescentou que — apesar de partir do Zulmiro — a ideia era boa: — Agora que tudo é feito no computador, fazer mais uma linha para imprimir não tem problema.

Capítulo IV

A reunião seguinte era para ser no boteco, mas quando chegaram lá, surpresa: estava mesmo fechado, até a porta de trás. O jeito foi voltar para a casa do Eduardo. Uma casinha de nada. Mal couberam os velhos e novos sócios. A Miminha fez questão de ir e o João Grandão Bobo também, e só o João já ocupava um monte de espaço. O Guilherme, que era mais magrinho, ficou espremido ao lado do tio Zulmiro. Heitor explicou que, por não ter outro jeito, tinha que ficar abraçado com a Miminha. Enfim, todos lá, o Elias brandiu um cartapácio preto com folhas numeradas:

— Aqui a gente vai registrar todas as entradas na coluna da direita e todas as despesas na coluna da esquerda. A gente não, não é para todo mundo se meter com o livrão, deem as informações para mim e eu me encarrego de fazer o lançamento. Se quiserem conferir, sintam-se à vontade, mas não me sujem as páginas que eu não gosto. Recapitulando, temos os aventais já lavados. Zulmiro, como é que ficou o preço da lavagem?

— A Zulmira topou o preço e receber no fim do mês. Ela disse que podia ser mais, mas expliquei que o doutor lá do Einstein que é o dono do avental vai pagar mais se ficar satisfeito com o serviço e, por favor, pessoal, assim que der, providenciamos um aumento para a Zulmira, senão ela não lava mais....

O Guilherme deu uma de maldoso:

— Pois é, e o Zulmiro fica sem o filé mignon da semana.

— Que é isto, seu Guilherme? Filé mignon é alguma coisa que só conheço por fotografia, nunca apareceu lá em casa e não vai ser com esta merrequinha que vamos pagar para a Zulmira que ela vai comprar uma coisa destas...

Ananias — o presidente Ananias — interrompeu o bate-boca:

— Vamos ao que interessa: temos tudo para começar, o Eduardo pode colocar o site no ar, e vamos ver no que dá. Quem vai colher?

Elias sugeriu:

— O Guilherme e o Ananias, para começar — talvez precisemos de mais equipes. Ele tem charme, o Guilherme parece um jovem doutor, acho que os dois convencem. Se der muito cliente, a gente pode ir formando outras duplas. O Heitor e o Eduardo...

Heitor riu:

— Se ele prometer que não me goza, pelo menos na presença dos clientes...

Eduardo levantou a mão direita:

— Juro. Deixo para depois, quando a gente estiver longe...

— Aí não tem problema, já estou acostumado. Mas em vez do Eduardo eu prefiro fazer dupla com a Miminha, de repente pegamos um gringo. Aliás, Edu, põe no site que se o cliente precisar temos atendimento em inglês.

Eduardo sorriu:

— Eu sabia que isto ia acontecer. Tudo bem, você e a Miminha, e se o trabalho aumentar a gente prepara a terceira dupla.

Tio Zulmiro sugeriu:

— E eu?

Ananias não se entusiasmou:

— Olhem, em toda empresa tem o pessoal operacional e o pessoal intelectual. Às vezes um dos intelectuais vai a campo, como o Elias se dispôs, mas com o tempo a gente precisa separar as funções, senão quem é que vai ficar no timão do barco? Quem inventou esta história? Então eu e o Elias deveríamos ficar por aqui, coordenando.

Eduardo reclamou:

— A ideia, se vocês esqueceram, foi minha. Tudo bem, não quero ser o presidente da firma, eu vou à luta, vou para a rua, nem que seja para aguentar o Guilherme do lado, já que meu ex-sócio de dupla, o Heitor, prefere ir com a Miminha. Aliás, precisamos combinar, quem é que colhe e quem é que engana o otário e preenche os papéis e os recibos.

Eduardo continuou:

— Acho que todo mundo vai à luta, incluindo o nosso ex-crente presidente, o contabilista do Elias, todos nós. E não sei se vocês perceberam, mas tem risco nesta história, para quem for à casa dos otários...

Tio Zulmiro não entendeu:

— Que risco? Polícia atrás da gente?

Eduardo suspirou:

— Não, Zulmiro. Quer dizer, até pode ser, mas este acho que é um risco futuro. Mas há o risco presente, o contato com gente que pode estar com o vírus e aí a gente se contaminar. Concordo com o Eduardo, o risco deve ser compartilhado entre todos nós...

Tio Zulmiro insistiu:

— Mas nosso presidente disse que é só uma gripizinha...

Risadas gerais. O Eduardo foi o primeiro a se manifestar:

— Eu votei nele, mas o cara não pensa. Espera até ele pegar esta porra e quero ver ele chamar de gripizinha... Mas tem um ponto que a gente precisa ponderar. Zulmiro, você está com que idade?

Tio Zulmiro se ofendeu:

— E quer saber por quê?

Heitor caçoou:

— Parece uma senhora ofendida porque perguntaram a idade. Zulmiro, a gente pergunta por que você é o mais velho, pelo jeitão tem mais de 60, então é do grupo de risco, e a gente não quer arriscar perder você. Onde é que vamos arrumar um sócio que colabora tanto para o bom astral da turma?

Mais risadas. Ananias ponderou:

— Sim, é melhor não expor o Zulmiro, mas aí como é que vamos usar o Zulmiro? Lavando roupa com a Zulmira? Melhor não, sabe-se lá como ele lava...

Tio Zulmiro se ofendeu de novo:

— E vocês acham que eu não sei lavar? Bem, eu não tenho a menor prática, isto sempre foi por conta da Zulmira, mas eu aprendo. Não me parece alguma coisa tão difícil.

Eduardo não se convenceu:

— Primeiro quem vai te ensinar? A Zulmira? Meu amigo, se ela te ensinar você vai lavar toda a roupa da sua casa e mais o que ela lava para fora e vai passar o dia na máquina de lavar, se é que a sua funciona.

Tio Zulmiro coçou a cabeça:

— Funciona sim, quando ela quer e quando a mangueira não fura, eu preciso comprar uma nova, quando começar a entrar dinheiro a primeira coisa que eu vou fazer é comprar uma nova e uma secadora decente, que a minha só seca a minha paciência — na verdade a paciência da Zulmira.

Ananias encerrou a discussão sobre o que fazer com tio Zulmiro:

— O Zulmiro fica no que vai ser a nossa interface com a clientela. O cara vai no site e lá tem um sistema de agendar o exame ou então um telefone... Tem gente que não quer conversar com máquina, então o Zulmiro é o chefe, operador e manda chuva do nosso call-center, ele fica ao lado do computador e do telefone, com a lista dos pedidos, com data e hora. Dá para enfrentar este tipo de atividade, Zulmiro?

Tio Zulmiro topou, até porque não lhe deram outra alternativa.

Miminha, que até então estava calada, observou:

— Pessoal, sem proteção nem pensar, não vou. E me parece que quem colhe tem mais risco, já que vai levar cuspidas e tossidas dos pacientes — não chama de otários, não que não sejam, mas sei lá, pega mal. Então, pessoal, entre o material que vamos precisar temos o álcool, as máscaras...

Ananias se assustou:

— E onde vamos arrumar máscaras, se nem o hospital tem? Está faltando e quando aparece custa os olhos da cara.

Miminha foi clara:

— Sem máscara... Olha, comigo é que nem sem camisinha, não tem.

Heitor olhou para a namorada e perguntou:

— O Chico da farmácia não foi um dos teus casos, antes de você conhecer o amor da sua vida aqui do seu lado?

Miminha riu:

— O Chico? Foi antes do Edgar, o cara do Einstein, até que ele é boa gente. Ainda tenho o telefone dele, ele me liga de vez em quando, a gente conversa, eu levo ele numa boa, até porque um dia o Edgar me dá um pé na bunda e aí como é que eu fico? Com você é que não dá, né, Heitor?

Heitor raciocinou:

— Fica complicado, Miminha. A gente precisa do avental do Edgar e das máscaras. Quem sabe o Chico arruma para a gente? Você dá conta de três ao mesmo tempo?

Miminha riu de novo:

— O duro é que o Edgar já desconfia de você e se o Chico se juntar com a gente eu vou ter que rebolar para que um não saiba do outro. Com você não tem problema, você não tem ciúme. Duas coisas que você não tem: ciúmes e dinheiro.

Heitor continuou raciocinando:

— Ciúme não tenho não, dinheiro também não, mas tenho receio. O Edgar vai no hospital, sei lá o que ele traz de lá, além dos aventais.

Silêncio, e o tio Zulmiro resmungou:

— E se os aventais estiverem contaminados? Que é que vai ser da minha vida se a Zulmira pegar este negócio? Nós não somos jovens, parece que a coisa é pior em caras de mais idade...

Silêncio de novo, mas o Elias interveio:

— Pessoal, sem pânico. Temos uma grande ideia, o problema é operacionalizar a firma sem risco exagerado para os sócios. Melhor que apelar para o Chico da farmácia, eu tenho uma boca melhor: o hospital público aqui bem perto, e eu garanto que eles têm máscaras e as tais máscaras estão no almoxarifado. O pessoal que toma conta ganha quase nada, mas por incrível que pareça, vive muito bem. Eu conheço o Jorge, que trabalha lá, e com uma graninha na mão dele vai ter máscara à vontade...

Ananias resmungou:

— Tudo bem, mas a graninha? Esta firma está precisando de um aporte de capital, senão não vai nem começar...

Guilherme elucubrou:

— Ir a um banco, nem pensar. Não temos firma e empréstimo pessoal para a gente eles não vão dar, não temos renda...

Ananias deu a solução:

— Então, amigos, precisamos de mais um sócio. O Jorge! E durante a operação a gente paga o investimento inicial, as máscaras, do mesmo jeito que a gente vai pagar a gráfica do João e a lavagem da Zulmira. Será que o Jorge topa?

Tio Zulmiro insistiu:

— E os aventais?

Eduardo tentou acalmá-lo:

— Tem técnica para lavar sem risco, Zuzu. Você põe hipoclorito, álcool, eu vou na internet descobrir como faz e a gente explica para a Zulmira. Ananias, como é que é o Jorge? Será que ele não prefere passar as máscaras por dinheiro à vista para, por exemplo, o Chico da farmácia, que vai revender com 100% de lucro no mínimo?

Elias pensou em voz alta:

— A gente tem mais potencial de ganho que o Chico da farmácia. Ele compra as máscaras, tem o lucro nesta faixa de 100%; a gente vai vender exames com lucro de 2000% ou mais. Isso, é claro, por tempo limitado, porque uma hora vão perceber, então é para ganhar muito dinheiro em curto prazo. O Jorge tem o mesmo risco dando as máscaras para nós ou para o Chico. Acho que eu convenço o Jorge. Na próxima reunião eu trago ele. Tudo bem?

Tudo bem. Os fundadores, mais a Miminha e o João Grandão Bobo, despediram-se, e o João Grandão provou que não era tão bobo assim:

— Pessoal, eu faço os recibos, mas não me peçam para mexer com os doentes, morro de medo de pegar esta porcaria.

Capitulo V

Nova reunião para acertar os detalhes e, se possível, partir para os "finalmentes". Novamente na casa do Eduardo, desrespeitando solenemente as recomendações de manter distância. Estavam todos muito próximos, especialmente o Heitor e a Miminha. Ananias até reclamou:

— Vocês dois aí, se comportem, ou então o Eduardo empresta o quarto dele, lá em cima.

Heitor não se deu por achado:

— Tá com inveja? Você, agora que não crendeia mais, precisa arrumar uma menina como esta doce criatura que está ao meu lado...

— A seu lado e colada, vocês são uma coisa só...

Miminha adorou:

— Seu Ananias, o senhor é um poeta. Romântico...

— Poesia tem hora, pessoal — interrompeu Elias. Turma, aqui está o Jorge, velho companheiro, já expliquei pra ele nosso sistema, nossa firma e ele tem uma surpresa para todos.

Jorge era grandão, quase como o João Grandão Bobo, calva reluzente, patola de lutador de boxe e estava carregando uma caixa. Abriu a caixa, cheia de máscaras...

— Pessoal, de onde saiu isto tem muito mais, mas não dá para pegar muito por vez. Não sou eu só que está entrando no mercado, acreditem... Chegou um montão, mas vai acabar tudo em alguns dias — Jorge tomou fôlego e continuou — Elias já me contou o que vocês bolaram, achei sensacional, mas tenho algumas críticas e sugestões. Pode ser?

Tio Zulmiro reclamou:

— Mas você acabou de chegar e já vem com críticas e sugestões? A gente esquentou a cabeça para bolar o funcionamento desta empresa...

Jorge riu:

— Pois é, e não ouviram nenhum especialista de fora, este é o melhor jeito de dar com os burros n'água. Vocês, se o Elias bem me explicou, começaram a arrumar a firma sem pensar em proteção, logo nesta hora onde a doença está se espalhando. Lá onde eu trabalho, um hospital universitário, os velhos estão em pânico e a maior parte do povo também, só que não confessam. Então vamos lá: vocês vão precisar de máscaras, gorros, aventais para colocar em cima do avental do Einstein...

— Para quê?

— Avental impermeável, para o caso de cair um perdigoto. E um balde para colocar o avental usado, que vocês vão dizer que vai ser descartado. Claro que não vai, vocês vão lavar e reusar enquanto der. Tenho estes aventais também, tenho uns gorros que acho que nem precisaria usar, mas fica mais profissional. Enfim, acho sinceramente que sem meus insumos, as coisas que eu arranjo e sem meu conhecimento de hospital vocês nem começam... — E concluiu — Por tudo isso, eu topo entrar na firma e oferecer meus conhecimentos, mas quero metade do lucro líquido da empresa, afinal, vou oferecer material, insumos e conhecimento...

Elias ficou pálido. Guilherme, vermelho de raiva. Eduardo, pasmo. Heitor, perplexo. Miminha riu e o João Grandão Bobo provavelmente não entendeu direito o que Jorge estava oferecendo. Pior ainda, Jorge insinuou:

— Além disso, vocês sabem que se alguém denunciar o que estão preparando, ou pior ainda, se alguém traçar vocês depois de começarem, com esta paranoia com o Covid não vai nem ser cana, vocês vão ser linchados na rua. Claro que jamais faria uma coisa destas, ainda mais com o meu amigo Elias no meio... Mas...

Tio Zulmiro ficou indignado:

— Está chantageando a gente, ô cara?

Jorge não mudou de postura;

— Claro que não, mas é mais um risco. Por isso acho até pouco eu ficar com a metade do lucro. Vejam bem, a gente vai faturar por uma ou duas semanas se tudo der certo, aí os otários percebem, os otários armados, vulgo polícia, vão atrás e eu não vi até agora o planejamento do fim da empresa. Claro, quando ela acabar — e eu acabaria antes que fôssemos descobertos — tem que ter um plano de sumir de uma vez do mapa. Outra coisa, o Elias me mostrou o esboço inicial, vocês estão contando com Ubers... Meus amigos, os Ubers sumiram da praça. Com esta história de Covid os caras dos Ubers se recolheram. Como eles precisam pagar a comida eles vão voltar, mas quando? E tem o problema da competição: daqui a pouco o SUS está fazendo os testes de graça, e aí amigos, o mercado da gente some... Vocês precisam de um carro, de preferência branco com cara de carro de hospital. Eu tenho uma raridade, um fusca branco meio velhinho, mas com cara de novo, recém-pintado e eu empresto para a firma, claro que com um aluguel e vocês pagam a gasolina... E mais uma vez gostaria de enfatizar...

Heitor não resistiu:

— Sem discurso, irmão, e sem palavras complicadas. Você só nos conheceu agora, mas entre nós a gente tem uma regra: se o Zulmiro não entendeu, a gente se expressou errado. O Zulmiro é este vovô que está aí do lado...

Jorge riu:

— Tudo bem, entendi, não vou fazer discurso, deixo isto para as antas de Brasília... O que eu quero dizer é que se a gente não começar logo nem vale a pena iniciar os trabalhos, a firma morre virgem...

Heitor se assustou:

— Tem coisa pior que isso?

Jorge riu de novo:

— Para mim não tem. Então o carrinho eu trago daqui a umas duas horas, as máscaras também, e a gente começa amanhã, já que pelo que entendi vocês ainda não têm o site no ar. As primeiras solicitações devem chegar assim que vocês lançarem o site. Quem é o informata da turma?

Eduardo se apresentou:

— Sou eu, mas informata mais ou menos, eu sei alguns truques, mas não sou capaz, por exemplo, de entrar nos computadores do Pentágono. Para dizer a verdade, nem nos computadores do Forte Apache, a sede do exército lá em Brasília...

Jorge entendeu:

— Mas um site você faz. E quem estaria interessado em hackear o Forte Apache? Para descobrir os segredos da ordem unida? Ou critérios para fazer o rancho dos praças em Mato Grosso do Sul? Que é que eles devem estar discutindo de maneira secreta... Vamos lá, senhores, estamos correndo contra o tempo. Acho que temos uma janela de uma, no máximo duas semanas, se é que aqueles caras do governo falaram a verdade e tem um porrilhão de testes já nos aviões chegando lá da China ou de onde for. Na minha experiência de funcionário público, quando eles dizem que está chegando alguma coisa é porque estão pensando em comprar, mas desta vez, com toda a pressão em cima, é capaz deles se mexerem... Milagres acontecem...E tomo a liberdade de fazer um ensaio. Quem é que vai colher?

Heitor respondeu:

— Eu e Miminha vamos ser os primeiros.

— A menina aí?

Miminha sorriu:

— Agradeço pela menina...

Jorge sugeriu:

— Você parece bem moça, então vai para casa e põe uma roupa mais de acordo com o que você vai representar. Se você for na casa dos caras com esta minissaia vão pensar que é um serviço de puta delivery...

Heitor se encrespou:

— Peraí, isto não é jeito de falar com a minha namorada...

Jorge contestou:

— Eu estou querendo ajudar, não é nenhum desrespeito com a sua namorada, que é uma graça, e se ofendi me desculpe, mas é para enfatizar — opa, falei de novo — que a coisa toda precisa ser organizada e coerente.

Miminha interveio:

— Tudo bem, entendi o recado, vou arrumar uma saia de crente...

Eduardo prometeu:

Daqui a uma hora o site está pronto. Vocês podem ir embora, vamos aceitar a proposta do Jorge; então temos mais um sócio, eu ponho o carro aqui na frente, com esta história de quarentena a rua está vazia e até os trombadinhas sumiram, o carro fica seguro, e vamos provavelmente começar cedo. Seria bom estar todo mundo por aqui, mas quem precisa estar mesmo é a dupla colhedora e o atendente Zulmiro. Heitor, vai ter que acordar cedo... e Miminha também. Apesar do que o Jorge falou de Uber, seria bom ter uma outra dupla de reserva aqui — de repente começa a ter muito pedido, a gente tem que atender. Não sei se vale o plano inicial de ir de moto: talvez se a gente pegasse um Uber que participasse do grupo...

— Mais um sócio? Assim o que sobra para cada um?

— Se a gente não tiver carro para trabalhar, não sobra nada para ninguém. Tem o Emílio lá da esquina que é Uber e que vai entender o plano. Espero... E o site eu faço em meia hora. Fica o Zulmiro aqui para atender telefone e anotar os pedidos, já que combinamos que ele é o nosso call center. Eu treino o Zulmiro...

Tio Zulmiro reclamou:

— E precisa de treino para um negócio destes?

— Claro que precisa. Você já fez alguma coisa parecida na vida?

Tio Zulmiro confessou:

— Nunca.

— Então... É simples, falar claro, sim senhor e sim senhora, obrigado por procurar o Einstein, estamos à sua disposição, como nosso sistema de informática está com problemas, pedimos que o senhor ou senhora pague diretamente a nossos enfermeiros que lhes darão o recibo imediatamente, não esqueça de pedir o recibo...

— Acho que dá...

— Vai ter que dar Zulmiro, porque bem ou mal, é o que temos...

— E a gráfica, seu João, como é que estamos?

— Sopa, é só pôr no computador e eu faço quantos recibos vocês quiserem. Começo com uns 50, que assim o patrão nem vai perceber o quanto eu gastei de papel. Se vocês precisarem, trago hoje mesmo.

Ananias pegou um papel e começou a escrever, discriminando todos os itens.

— Miminha, e os aventais?

— Em casa, já limpos, não precisa acionar a Zulmira.

— Heitor e Miminha, já treinaram como é que colhe?

Heitor riu:

— Não pode ser tão difícil enfiar um cotonete no nariz de alguém. Mas quem vai colher da nossa dupla é a Miminha, que é mais jeitosa. Precisamos é das máscaras, não quero que minha querida pegue esta porcaria porque senão o que vai ser de mim?

Miminha se enroscou nele:

— Que bom que você está tão preocupado, mas uma dúvida: se você está assim tão preocupado comigo, porque você não colhe e eu fico com os papéis? Você também leva jeito para doutor...

Jorge bateu na testa:

— Ei, peraí, vocês vão precisar de óculos. Tem também no almoxarifado uns óculos de plástico para usar de proteção, mas não são muitos, posso pegar uns dois, é só para quem estiver colhendo e dá para mais de um usar, é só desinfetar com álcool. Pelo jeito sem minha contribuição vocês iam é se contaminar rapidinho... que desastre...

Ananias não gostou muito:

— Jorge, a gente está muito satisfeito de ter você na equipe, mas não exagera. Afinal quem foi que teve a ideia, quem lançou esta empresa?

Eduardo não perdoou:

— Fui eu, pessoal, e não estou pedindo uma percentagem maior que os outros. Está certo que sem o Jorge isto não ia dar certo. Pessoal, sem esta de eu sou mais importante que você: todos são importantes, incluindo o Zulmiro.

Tio Zulmiro não gostou:

— Por que esta menção a mim? Se eu não tivesse levado o papo para a nossa penúria, ninguém estava aqui.

Ananias concordou e encerrou os trabalhos:

— Está bom, todo mundo é importante, Eduardo vai fazer o site, Zulmiro senta com ele e fica na espera, Jorge vai trazer as coisas, Heitor e Miminha amanhã vêm arrumados — e não é só a saia da Miminha, Heitor, você não vem com estas sandálias, vem de sapato preto, arrumado, barba bem-feita...

— Sim, mamãe!

Ananias sorriu:

— Se eu tivesse um filho como você eu me matava...

Heitor rebateu:

— E eu, se tivesse uma mãe como você fazia o mesmo. Eu te matava!

Parte II

EM CAMPO MINADO

Capítulo VI

No dia seguinte, logo cedo, pessoal junto, aglomerado, o Heitor e a Miminha de avental, máscara, álcool em gel em vidrinhos, o carro prontinho. Tio Zulmiro a postos ao lado do telefone, com Eduardo olhando para o computador com o site na tela. E nada...

Miminha achou uma explicação:

— Edgar me contou que os caras do Einstein soltaram um comunicado. Avisaram que têm malandros explorando o fato de o teste demorar. Estão colhendo testes em nome do Einstein, mas não estão fazendo coisa nenhuma, é tudo treta... Isso vai atrapalhar a nossa firma.

Silêncio. Até que Jorge coçou a cabeça e rosnou:

— Tanto investimento, à toa? Eu arriscando minha pele com as máscaras que eu tirei do almoxarifado? Ainda bem que não fui só eu, todos os colegas aproveitaram, todos têm máscaras, só o hospital ficou na mão...

Para dissipar o clima fúnebre, tocou o telefone... Tio Zulmiro atendeu, usou todo treinamento de call center que lhe deram no dia anterior, anotou o endereço. Na hora em que ele desligou, bateram palmas. Ananias exultou:

— Que comunicado coisa nenhuma. Vamos lá. Heitor e Miminha, contamos com vocês. Dois paus entrando...

E lá se foram Heitor e Miminha, mais o carro e o *waze* para achar a rua. Acharam fácil, um condomínio daqueles grandões, com dois seguranças na porta. Um deles se aproximou do carro e perguntou:

— Visitando quem?

— Dona Ernestina Gusmão, 14º andar, Torre Sul, apartamento 1411. Somos do Hospital Albert Einstein.

O segurança abriu um sorriso:

— Aquela bruxa está doente? Com essa doença que está dando por aí?

Heitor lembrou-se de umas aulas que teve quando começou — e logo abandonou — um curso de direito marreta, e foi incisivo:

— O senhor sabe do sigilo profissional, a gente não pode comentar nada sobre a paciente.

— Sigilo tudo bem, mas esta dona Ernestina passeia todo dia com uma pug e passa aqui no portão, tossindo na minha cara nos últimos dias. Vocês que são de lá, preciso fazer o teste para ver se estou com esta porra?

Miminha, esperta, aproveitou:

— Se o senhor quiser fazer o teste, temos como fazer. O preço do teste é dois mil reais.

O segurança olhou para os dois:

— Posso?

— Pagando, claro que pode.

— Então vamos lá, recebi ontem. É quase todo o meu ordenado. Mas acho que vale a pena nesse caso, eu que não quero morrer dessa doença.

— Tudo bem, vamos colher, mas tem que ser grana mesmo, não temos maquininha para cartão.

O segurança topou, Miminha anotou nome e endereço, o cara puxou do bolso dois maços de notas de cem. Miminha desceu do carro, pôs um cotonete em cada narina e mais um na garganta do cara, meteu tudo em um vidrinho, anotou o nome do sujeito: Sr. Antonio da Silva Santos. Heitor entregou um recibo e o segurança abriu o portão:

— A Torre Sul é do lado de lá, um por andar, vou avisar que vocês estão subindo. Deem um chute na cachorra por mim...

Assim que a porta do elevador se fechou, Miminha se olhou no espelho, fez uma pose sexy e agarrou Heitor:

— Somos demais!

Heitor concordou:

— Você é demais. Que ideia brilhante colher do seu Antonio...

— Nem foi tão difícil, a ideia foi dele...

— Mas você foi tão convincente... Eu adoro você... Se a gente juntar a grana que estamos pensando que vamos juntar, você larga do Edgar e vem comigo?

— Vem para onde?

— Vamos para Taiti, ou Havaí, ou algum arquipélago do Pacífico que não tenha tratado de extradição com o Brasil, ficar debaixo de coqueiros olhando o mar e eu olhando pra você, tem coisa melhor?

Miminha fez um muxoxo:

— Não tenho nem passaporte...

Heitor também não tinha, mas isto não era problema para quem tinha dinheiro, era? A polícia federal continuava trabalhando naqueles tempos de isolamento e a fila para tirar passaporte deveria estar menor. Chegaram ao apartamento e tocaram a campainha. Quem abriu a porta foi uma velhinha meio curvada, o Heitor se apresentou:

— Somos do Einstein, viemos colher exame da dona Ernestina, é a senhora?

A mulher riu, mostrando uma boca com poucos dentes:

— Eu sou a empregada, aguento a dona Ernestina há anos e está cada vez mais difícil. Ela não está bem, já avisei o filho, a filha e a nora, a mulher do filho.

Heitor pensou em falar que a nora só podia ser a mulher do filho, mas não quis antagonizar a dona. Perguntou delicadamente:

— E a senhora, como se chama?

Ela sorriu:

— Maria do Socorro, moço, mas a velha me chama de Soc. Entrem, vou levar vocês até o quarto dela, ela não quis sair do quarto hoje.

Apartamento bem arrumado, quarto idem, com uma velhinha mais velhinha que a Soc, a Dona Ernestina tossindo e reclamando:

— Vocês ficaram de vir às 9h e já são 9h15. Soc liga de novo para aquela piranha da Ercília e diz que não estou bem, que dessa vez não é piripaque, avisa o Sérgio para vir aqui e chamar o Dr. Gonçalves. Se o Sérgio não puder, tem a Cristina, mas ela tem criança em casa e sempre tem essa desculpa para não ver a mãe. Agora com as crianças em casa, é batata, ela vai aproveitar para tirar o corpo. Mas vocês estão esperando o quê?

Heitor olhou para a Miminha, que foi clara:

— Já colhi um, este é seu...

Heitor pôs a máscara, pegou os cotonetes e ao se curvar para enfiar o cotonete na narina da velha, levou uma tossida na cara. Bem, ele estava de máscara, mas e os óculos? "Saco" pensou o Heitor, "esqueci os óculos no carro. Bom, agora não tem o que fazer. O que é que se faz numa hora destas? Passa álcool em gel na cara?".

— Vamos lá, dona Ernestina, só um pouco de paciência, já acabo.

TIO ZULMIRO NÃO SE CHAMAVA ASSIM   67

Acabou, a Miminha começou a preencher o recibo:

— São R$ 2.000, dona Ernestina.

— Que roubo!

— Não é a gente que faz o preço e este exame é complicado, pouca gente faz...

Dona Ernestina levantou da cama, se arrastou até uma cadeira, pegou a bolsa e, para alegria da dupla Miminha e Heitor, sacou o maço de notas de cem que foi se incorporar ao outro maço na bolsa da Miminha.

Recibo feito, se despediram e até fizeram um carinho na pug, uma pug obesa — muitos pugs são gordos, mas esta era demais. Não estava passeando muito e nem que estivesse, quanto dona Ernestina andava? Não devia passar de uma quadra.

Na hora de sair do condomínio, seu Antônio perguntou:

— Como é que está a bruxa?

Miminha estava inspirada:

— Quase na hora de pegar a vassoura e ir procurar são Pedro lá nas nuvens...

Risadas gerais. Seu Antônio ainda quis saber:

— Vocês que são do hospital, vocês estão sabendo do que corre por aí? Mas é claro que se estiverem sabendo não vão me dizer, afinal vocês estão por dentro e não vão querer que o povo saiba da verdade...

Heitor ficou curioso:

— Que verdade, seu Antônio?

— Ora, que este vírus foi inventado na China para acabar com os Estados Unidos e todos que competem com a China. Ela quer a nossa soja, os nossos porcos, nosso petróleo, mas quer para eles, eles não querem é para americanos ou brasileiros. Então eles soltaram este vírus pelo mundo para matar um saco de gente e sobram eles. Lá na China já acabou a epidemia, não é? Eles também devem ter remédios secretos para este negócio, que depois vão vender para o resto do mundo...

Heitor ficou pasmo:

— Onde é que o senhor ouviu isto, seu Antônio?

— Pelo Face. Tem outra história ainda mais séria, não sei em quem acredito...

— Qual é?

— Que estão exagerando muito esta história. A turma do PT e da esquerda quer ferrar o nosso presidente, derrubar a economia e eleger algum comuna na próxima eleição. Esta doença vai matar alguns velhos — e olhem, alguns até que não vão fazer falta, já venceram o prazo de validade.

Miminha balançou a cabeça concordando:

— A gente deve voltar a trabalhar, a ir aos bares, festas, estas coisas. Que o senhor acha?

— Eu, por exemplo, vou jogar futebol todo sábado e depois a turma vai tomar umas cervejas no bar do Ricardo, uma tasca marreta que fica lá perto do campo. Pô, por que a gente não pode continuar fazendo isso? É tudo atleta, gente moça, eu sou o mais velho...

Miminha, indiscreta, perguntou:

— Quantos anos o senhor tem?

— Pareço quanto?

Mimiha pensou que ele parecia ter uns 60 a 70, mas deu uma de diplomática:

— Eu daria uns 40...

Seu Antônio riu:

— Obrigado, moça, eu tenho mais que isso, tenho 55, mas não me acho velho...

Os dois foram embora e no caminho para o carro Miminha indagou:

— Heitor, o cara tem alguma razão ou está falando bobagem?

— E você agora acredita neste coitado, que não deve ter nem o curso primário completo? Até parece o nosso presidente, ele é o tipo do cara que acredita nestas coisas, que a terra é plana e que o guru dele, o tal astrólogo e sei lá o quê mais, entende de alguma coisa...

Quando chegaram à casa de Eduardo, encontraram tio Zulmiro reclamando:

— O telefone não para, já temos 15 coletas agendadas, o Guilherme e o Eduardo fizeram dupla, o Ananias e o Jorge outra, e se vocês não andarem mais depressa vamos perder coletas. O carro é um só.

E assim foi durante o resto do dia. O Jorge, sabe-se lá como — é bom não perguntar — arrumou dois carros lá no lugar onde ele trabalhava, com chofer e tudo. Ananias reclamou:

— A gente precisa do carro, não do chofer.

— Meu, estes carros são oficiais, se acontecer qualquer coisa, o motorista é o responsável, eles também querem grana, mas não vão deixar os carros na mão de ninguém. Já imaginaram o Zulmiro dirigindo por aí?

Tio Zulmiro ficou ofendido:

— Eu tenho carta, pô! Por que eu? Pior, por que sempre eu?

Ninguém contestou. O pessoal achou melhor não provocar tio Zulmiro, mas o Ananias, com larga prática de ver pastores pastando e pregadores pregando, tirando de letra os questionamentos mais complicados, consertou a situação:

— Zulmiro, no fundo o pessoal te quer bem, e se brinca com você não é por mal. Zulmiro, por favor, fica no telefone que é onde você com certeza rende mais. Não sei o que seria da nossa firma sem você.

Tio Zulmiro se empertigou e foi direto ao telefone, que estava tocando, para sossego geral de todos e da nação, como proferiu sabiamente o Jorge. As equipes rodaram por São Paulo o dia todo. No fim do dia Eduardo resolveu:

— Vou pôr no site que só temos disponibilidade para coleta amanhã e vou pôr uma mensagem igual no telefone. Vamos ver quanto ganhamos e sim, vamos dividir o que deu, porque ninguém sabe como vai ser o próximo dia.

Concordância geral, o pessoal se reuniu em volta da mesa, mais próximos uns dos outros do que o ministro da Saúde tinha recomendado. Mas quem estava preocupado com o que o ministro recomendava na hora da divisão?

Ananias, como presidente, pegou a pilha de dinheiro e começou:

— Primeiro, precisamos pagar o João da Gráfica, separei a parte dele. E a parte do Jorge. Depois tem todo o material do Jorge, os carros, os motoristas — também separei a parte deles. E tem a lavagem de roupa da Zulmira. Enfim, separei tudo que precisava ser separado e aqui está o líquido, o nosso, o dos sócios, o pró-labore.

Guilherme deu uma de engraçadinho:

— Sobrou alguma coisa?

Ananias riu:

— Vocês vão ver. Pelas minhas contas, tirando as despesas, estamos com R$ 40.000,00.

Tio Zulmiro ficou surpreso:

— Tudo isto?

Dividiram. Tio Zulmiro nunca tinha visto tanto dinheiro. Insistiu:

— Este é o meu? Não é o meu e mais o trabalho da Zulmira?

— Não, Zulmiro, este é todo seu. O da Zulmira já está à parte e eu mesmo vou levar porque senão ela não vai acreditar que você deu o que ela merece...

— Como não? Nós não tínhamos acertado o que ela vai receber?

Ananias explicou:

— Zulmiro, pessoal, é o seguinte. Para garantir que continuemos a ter a colaboração da gráfica, do Jorge, da Zulmira, até do Edgar que não sabe da nossa firma, mas pode ficar sabendo, deixei um bônus para todos. Entrou tanta grana que isto é prudencial, manter a boa imagem da firma porque, cá entre nós, sem tudo isto a gente não conseguiria fazer é nada. Devia ter conversado com vocês antes, mas ainda está em tempo. Todos topam?

— E você já separou o tal do bônus?

— Sim, o que está na mesa é para dividir entre nós.

Heitor urrou:

— Então divide, porra, e deixa de lero-lero. Dá o tal do bônus, tudo bem, a gente precisa desta turma. Precisamos votar?

Foi por aclamação. Quer dizer, quase por aclamação, porque tio Zulmiro ficou quieto, mas percebeu que ia ser voto vencido. Todos pegaram o dinheiro, o Heitor sugeriu:

— Vamos comemorar no bar do Portuga?

— Que bar, meu? Tá fechado, esqueceu? Vamos comprar as cervejas no supermercado e de uma marca decente. Uma Sapporo.

Tio Zulmiro não gostou:

— Sapporo? À base de sapo?

Gargalhadas gerais, Ananias explicou:

— Cerveja japonesa e muito boa. Vamos nessa?

Antes que fechassem a porta, Jorge avisou:

— Preciso dos carros de volta antes das 5h, porque os rapazes assinam o ponto. E vocês sabem ou deviam saber que a primeira obrigação de um servidor público é...

— Servir ao público, disse Guilherme.

— Vocês estão brincando. É assinar o ponto na entrada e na saída, ou então pedir para um colega fazer isso. Portanto, vamos deixar a festa para amanhã... Ou, melhor ainda, quando acabar nossa mamata, porque como já falei, isto não vai durar para sempre, tenho certeza.

Por um instante, ficaram em silêncio, até que o Heitor suspirou:

— Tudo que é bom acaba não é, Miminha?

Miminha, toda espevitada, explicou:

— E a gente também um dia acaba, Heitor, o mundo é assim. Mas enquanto não acaba, vamos para a sua casa, que o Edgar tem plantão hoje.

Capítulo VII

Os outros dias não foram diferentes: muito trabalho, muito cuspe na cara, como reclamou o Guilherme no dia anterior, muita máscara e álcool em gel gastos e obtidos pelo Jorge, ninguém perguntou como — melhor não saber — e muito dinheiro para rachar no fim do dia. O duro era que, com tudo fechado, gastar aonde? Mas o Heitor, filósofo honorário da turma, observou:

— Um dia esta quarentena acaba, não dá para ficar assim para sempre, e a gente vai se esbaldar. Vou até comprar uns presentes para a Miminha.

— Que é isto, meu bem, você é o meu melhor presente...

Ananias deu uma de pastor:

— Vocês dois, pecadores, podiam parar com esta agarração e com este melado, parece novela.

Heitor provocou:

— Tá com inveja, tá?

Para surpresa geral, Ananias concordou:

— Estou sim. Nunca tive chance de arrumar uma moça bonita que nem a Miminha. Casei com uma crente que continua crente e acha que eu vou para o inferno só porque não acompanho ela na Igreja e também acabei com esta história de dízimo ou de colaborar com missões na África. Se for para colaborar com alguma coisa, vai ser com panelas gigantes para assar missionários na África.

Tio Zulmiro continuou a anotar os recados telefônicos, que continuavam chegando. Eduardo anotava os do site, a turma se dividia em duplas e ia colhendo. O monte de cotonetes usados ia direto para o lixo. Para proteção dos lixeiros — "afinal a gente também precisa pensar nos outros", disse o Ananias. Tudo embalado em saco duplo.

Naquele oitavo dia, tudo correndo nos conformes, alguém percebeu:

— Cadê o Guilherme?

— Nossa, ele não apareceu.

Elias não teve dúvidas:

— Vou ligar para a casa dele.

Ligou, e quem atendeu foi a dona Cícera, mãe do Guilherme:

— O Gui está com febre, dor de cabeça e tosse, pus ele na cama, estou dando chá de camomila e suco de limão, logo ele sara. Agora nem dá para ele atender vocês, porque não dormiu a noite toda com dor no corpo, mais nas pernas, e agora ele dormiu e não vou acordar o menino. Deve ser uma gripe...

Elias ficou pálido:

— Mas ele está bem, dona Cícera?

— Está, seu Elias, gosto de ver como os amigos se preocupam, mas não precisa não. Lá na minha terra, no Rio Grande do Norte, a gente sempre curou gripe com estes remédios, nem precisa de médico. Quando ele acordar, peço para te ligar.

Elias relatou aos sócios o fato, e de repente se fez um silêncio que dava para ouvir de longe. Jorge foi o primeiro a verbalizar o que todo mundo estava pensando:

— Será que pegou esta desgraça?

Miminha, quase chorando:

— E agora, o que vai ser de nós?

Tio Zulmiro resolveu sossegar a turma:

— Peraí, vocês usaram máscara o tempo todo, não vão pegar esta porcaria.

Eduardo se irritou:

— Pô, Zulmiro, se usar máscara evitasse 100%, estava resolvido o problema sem esta porra de quarentena. E você, Zulmiro, é o que menos se arriscou, já que o seu único contato foi com a roupa que você levou para a Zulmira e o telefone. E pelo que sei, pelo telefone a doença não passa para o outro lado.

Ananias, percebendo para onde ia a discussão, deu outra de pastor:

— Pessoal, não vamos começar a brigar, a gente nem sabe o que o Guilherme tem: além deste tal de coronavírus, tá cheio de gripe por aí.

Eduardo se lembrou:

— No site do Einstein, onde entro de vez em quando, e em sites de jornais estão avisando para desconfiar de pessoas que colhem o exame em casa, têm muitos malandros fazendo isso, temos concorrência. Normal: uma boa ideia nunca é de um grupo só... As boas ideias estão sempre no ar, assim como os vírus... Os clientes estão cobrando os resultados. Acho que está na hora de parar, dividir os lucros e ir cada um para seu lado. Fico preocupado que possam traçar o IP do computador e traçar o telefone, que é fixo. Está no nome da minha ex, felizmente, e a gente vai se mandar daqui o mais rápido possível. Como fui eu que forneci o computador e o telefone, acho adequado que a sociedade me ajude a alugar outra casa, arrumar outro computador e comprar um celular daqueles pré-pagos, que não precisam do nome do dono. Tem um cara que vende fácil...

Não seria preciso dizer que a proposta não foi bem recebida, mas depois de muita discussão que nem vale a penar registrar, a turma topou. Jorge, com mais experiência de vida, foi decisivo:

— O rapaz aí, o Eduardo, está arriscando muito. Uma hora vai aparecer polícia, vai ter gente fazendo BO, e já imaginou o clima quando pegarem alguém que explorou a epidemia para ter lucro? O cara no mínimo vai pegar uns dez anos de prisão, se não for linchado na rua antes. E vão apertar o Eduardo, se o pegarem, para ele dar os nomes de todos e, amigos, eu conheço as técnicas policiais, ele vai dar. Eu tenho mais colegas lá onde eu arrumei os carros, as máscaras, o álcool em gel, e se chegarem em mim toda turma vai sofrer. Não, pessoal, não vamos dar uma de idiotas. Afinal nós somos amigos e sócios, ganhamos bem, acho até que dá para enfrentar uma quarentena mais comprida. Vamos pagar as despesas do Eduardo e ainda sobra muito para todos nós. Como disse um famoso investidor em bolsa, quem tudo quer, fica é com nada...

Elias ficou curioso:

— Investidor? Quem foi, você sabe?

— Sei lá...

— Você inventou isto agora, seu Jorge. Mas tudo bem, concordo contigo. Votamos?

Mais uma vez tio Zulmiro foi contra. Mais uma vez o voto do tio Zulmiro provocou unanimidade a favor. Heitor enfatizou:

— Se o Zulmiro é contra, tenho certeza que a melhor opção é ser a favor. Edu, velho de guerra, conte conosco.

A última divisão deu quase R$ 80.000 para cada um. A desmobilização foi simples, depois foram os abraços, o João da Gráfica quase chorou de emoção, porque como declarou, nunca ganhou tanto e tão fácil na vida. Até tio Zulmiro, voto vencido e que queria continuar, fez um pequeno discurso:

— Amigos e colegas, este foi o melhor emprego que já tive na vida...

Heitor sussurrou:

— E único.

Tio Zulmiro fez que não ouviu:

— E vamos reconhecer os méritos de todos. Sem o Ananias, o João, o seu Jorge, o Heitor e a Miminha, os aventais do Edgar...

Eduardo foi gentil:

— E o Zulmiro, nosso call center de grande eficiência.

Tio Zulmiro quase chorou: foi a primeira vez na vida que alguém reconheceu algum mérito no trabalho dele. E logo o Eduardo, que ele achou que estivesse bravo com ele, já que votou contra a "Bolsa Eduardo", como ele falou na reunião. Pediu desculpas:

— Pô, Eduardo, eu acho que não devia ter votado contra o seu auxílio...

— Não é auxílio, Zulmiro, é reposição do que eu gastei para nossa firma funcionar, mas tudo bem. Agora todo mundo vai para casa a não ser eu, que vou mudar de casa.

Heitor estava preocupado:

— Quem vai levar o dinheiro para o Guilherme? E como é que ele vai ficar, será que ele pegou esta porcaria?

Ananias se ofereceu:

— Eu levo para ele, e assim vejo como ele está. Não deve ter pego, este negócio não é assim tão peguento, e o nosso presidente disse que no fim é uma gripinha, só mata velho e de velho aqui só tem...

Tio Zulmiro protestou:

— Porra, eu de novo...

— Mas não é crítica ou desaforo, Zulmiro, é só uma constatação, você é o mais velho da turma, depois vem o Jorge.

Foi a vez de Jorge reclamar:

— Sem essa. Mas vocês me avisam quando souberem do Guilherme, vocês têm meu celular. Ananias, só quem já acreditou em pastor e nestes evangélicos de televisão acredita no bolsotonto...

Ananias não gostou:

— Nós elegemos este cara, afinal ele nos representa. Se ele é um bolsotonto, somos todos tontos.

Com isto o pessoal se dispersou, mas o Heitor sussurrou no ouvido da Miminha:

— Alguns são mais tontos que os outros.

— E você, votou em quem?

Heitor deu uma de galã:

— Se você fosse candidata eu votaria em você, gatinha, para mandar em todo mundo como você manda em mim.

Ela se derreteu:

— Que fofo! O Edgar nunca fala estas coisas para mim...

Eduardo interrompeu o namoro:

— Pessoal, essa boca acho que acabou, mas continuo achando oportunidades nesta desgraça do Covid. Andei acompanhando as redes sociais e tem gente vendendo remédios homeopáticos e herbopáticos para prevenir a doença. Isto acho que não dá para a gente fazer, precisa ter pelo menos uma horta ou uma floresta ou sei lá de onde os caras tiram estas coisas. E precisa embalar e tal, e arriscar dar a cara para bater de novo, a polícia pode ir atrás...

Elias não concordou:

— Esse pessoal que vende remédios, digamos, alternativos está na praça há séculos, e nunca soube de algum preso ou até incomodado. Tem até farmácia homeopática por aí, vendendo ao público... Mas, concordo com o Eduardo que a gente não tem, ainda mais agora, como entrar neste mercado, não temos insumos. Então, Eduardo, é uma boa ideia desperdiçada.

Eduardo não se deu por achado. Deu um sorriso misterioso:

— Não, senhor, você não pegou o pulo do gato. Vamos mudar o foco. Vamos vender pulseiras milagrosas benzidas — tipo, João de Deus?

— Não, esse cara não pega mais. Parece até que tá em cana.

— Mas podemos inventar um guru parecido. Não tem gente que toma água milagrosa sei lá de onde? Entendam, está um monte de gente angustiada, sem entender muito bem porque tem que ficar em casa, marido e mulher que nunca se deram bem estão se dando cada vez pior, e ainda por cima aguentando os moleques: se a gente colocar num site que a pulseira de pano milagrosa protege você do Covid com emanações magnéticas a partir da costura azul, e que com ela você pode sair na rua, olha o grande mercado que temos — e sem risco, afinal milagre é religião e religião é livre no Brasil, o presidente até autorizou abrir os templos.

Ananias se animou:

— Grande ideia, irmão. E as pulseiras?

— Aposto que tem pano sobrando por aí — Eduardo explicou. — E devemos ter quem saiba costurar, coisa mais fácil é fazer pulseira de pano. A gente pega tudo quanto é roupa velha. E temos a Miminha, que aposto que sabe costurar.

Miminha topou:

— Sei sim, pulseira de pano é sopa, mas cadê o pano?

O romântico Heitor sugeriu:

— Pegamos as tuas saias, você tem umas quatro, deve dar para um monte de pulseiras.

— E eu fico sem saia?

— Você fica melhor sem saia.

Miminha riu:

— Obrigado, mas peraí, vou trabalhar que nem uma doida, vou ganhar mais ou vou ter que dividir com todos?

Ananias, ainda presidente, especulou:

— Podemos fazer com a Miminha o que fizemos com o Jorge ou o João da Gráfica, cobrimos os gastos e dividimos o que sobrou depois das despesas. E tive outra ideia, ainda com o João da Gráfica: eu escrevo um daqueles panfletos metidos a escrituras, que acompanha a pulseira, para deixar os trouxas convencidos da eficiência, até com testemunhos de gente que se expôs ao Covid, mas não pegou graças a proteção da pulseira que é única no mundo e que até o Trump está comprando. Mais ou menos assim: "Você está recebendo uma santa pulseira ungida e benzida pelo guru. Amarre no pulso esquerdo a não ser que você seja canhoto, aí no direito, faça três nós bem firmes e nunca mais tire até cair sozinha".

Zulmiro ficou pasmo:

— O Trump? Você acha que ele compraria?

Ananias pensou em voz alta:

— Olha, não é impossível, ele é suficientemente ta-pado para topar uma destas, mas se eu imagino certo, ele se comprar vai querer uma percentagem e vai reven-der pelo dobro do preço. Não vamos pensar tão alto, a gente faz aqui e vê no que dá. O problema é que não dá para vender na rua...

Jorge, que estava pensativo, atalhou:

— Se for dar dinheiro, se a gente fizer como antes e dividir na hora, sem frescuras, eu garanto os carros, tan-to o meu como dos colegas. O serviço está parado, os mo-toristas estão é levando os chefes de casa para o trabalho, tem muito tempo ocioso, a gente usa os mesmos que já estava usando. Sopa!

João da Gráfica também topou:

— Panfleto que caiba em uma folha, nem que seja de letra pequena, faço um monte. Preciso comprar papel, mas com a entrada vai ser fácil.

Tio Zulmiro deu mais uma sugestão:

— Não é só a Miminha que sabe costurar, a Zulmira é craque. Ela adorou o dinheiro da roupa, para ser franco nós nunca tivemos tanto, e só estamos gastando em co-mida. A Zulmira também tem um monte de roupa velha que dá para rasgar e virar pulseira...

Entusiasmo geral. A firma, que parecia ter se dissolvi-do, voltou a existir. Ananias exclamou:

— Fênix! Voltamos das cinzas. Aleluia!

Tio Zulmiro perguntou:

— O que é isso de Fênix?

Ananias suspirou...

— É um pássaro imortal que renasce depois de virar churrasco.

Tio Zulmiro:

— Renasce como? Se já comeram.

Ananias suspirou novamente:

— Os conhecimentos de Zulmiro deixam a desejar...

Miminha então perguntou:

— E do Guilherme, alguém sabe alguma coisa? Como é que ele está?

Ninguém sabia, mas Eduardo ficou de telefonar para ele. E a fábrica de pulseiras se estabeleceu mesmo na casa do Eduardo.

Capitulo VIII

No dia seguinte, Ananias e Elias acertaram a nova logística. Miminha veio com um protótipo da pulseira, algo bem simples, uma tira de pano com uma única costura. Segundo ela, até um desajeitado congênito como o Heitor seria capaz de aprender a fazer uma e colaborar na produção.

Heitor não se entusiasmou:

— Mas Miminha, que negócio mais chato...

— Chato, mas dá dinheiro. Sem essa, Heitor, vou fazer você trabalhar um pouco, só para variar.

Risadas gerais, tio Zulmiro também se manifestou:

— Pessoal, aqui estão umas pulseiras que a Zulmira fez, prontinhas para vender. E parece brincadeira, mas a Zulmira me falou a mesma coisa que a Miminha soltou em cima do Heitor.

Todo mundo apostou que a Zulmira também fez a mesma complementação que o Heitor teve que ouvir da Miminha.

João perguntou:

— E o folheto?

Eduardo mostrou um texto que ele havia elaborado de noite e sugeriu:

— Veja o que vocês acham e se todo mundo estiver de acordo, o João toca. Demora muito para ficar pronto?

João riu:

— Com composição no computador, demora nada. Sai tão rápido quanto os recibos: se vocês me derem agora, de tarde eu tenho pronto.

Foi a deixa para o Eduardo falar:

— Então posso ler o panfleto e vocês se sintam-se à vontade para criticar, introduzir melhoras, enfim, vamos lá:

— Senhores e senhoras, meus irmãos e irmãs em Cristo...

Heitor interrompeu:

— E se o cara que for comprar não for cristão? Vamos de cara perder um pedaço da clientela?

Eduardo concordou:

— Tudo bem, faz sentido. Vou cortar o em Cristo, fica só irmãos e irmãs. E vou trocar "um sábio frade franciscano" por um guru hindu. Peraí, no computador é fácil. Troquei. Posso continuar?

E continuou:

"Esta epidemia de um vírus novo e maldoso que veio da Ásia e está atacando nosso povo pode ser controlada,

ou pelo menos você pode se proteger mesmo que todos a sua volta estejam contaminados. Nosso guru Sri Covenanda, que antes de ser um sacerdote de Brahma foi monge no Tibet, após cinco dias de jejum rigoroso, sem beber nem água, recebeu uma iluminação do espírito do Dalai Lama. O espírito revelou que se o nosso guru abençoasse uma simples pulseira de pano, ao alcance de qualquer pessoa, e se a pessoa usar esta pulseira o tempo todo, o vírus que chegar a ela vai dar uma infecção assintomática e depois esta pessoa ficará vacinada contra ele para sempre".

Ananias, que tinha prática de sermões, homilias e panfletos religiosos, reclamou:

— Só assim não vai pegar. Tem que pôr algo mais pessoal, um testemunho. Quando a gente precisava incentivar doações, nada como testemunhos.

Eduardo foi ao computador e acrescentou: *O testemunho do doutor Vladimir, que trabalha numa UTI, é revelador.* — *"Trabalho numa UTI e atendo pessoas que precisaram ser entubados por causa da infecção pelo Covid: meus colegas todos ficaram doentes, mas eu, com esta pulseira, mesmo estando exposto, e muito exposto, não tive nada. Nem uma febrinha."*

Miminha sugeriu:

— Põe um de mulher, tem mais credibilidade.

E lá foi o Eduardo: *E o testemunho da enfermeira Marisa:* — *"Meu hospital está cheio de pacientes com Covid, e eu cuido deles, às vezes sem EPI, sem máscara, porque está faltando, mas graças a esta abençoada pulseira não tenho nada, enquanto minhas colegas ficaram doentes e uma está entubada e muito mal".*

Depois dos testemunhos, Eduardo ainda arrematou: *"Por favor, o uso da pulseira é profilático. Não temos informação do uso da pulseira em quem já está doente. Pelo que o guru deduziu na sua iluminação, a pulseira deixa você assintomático, mas se a doença já começou, provavelmente é tarde demais para usar. Meus senhores, minhas senhoras, protejam-se. Com esta simples pulseira você e os seus poderão passar por mais esta provação sem problemas. E o Dalai Lama avisou ao nosso guru que esta pulseira protetora precisa chegar a todos, de modo que ela custa apenas 25 reais. Que são 25 reais perto desta desgraça toda? Proteja-se, você e os seus. Observação: a pulseira é individual e intransferível. Assim que você colocar esta pulseira, ela pega a tua aura; se for posta em outra pessoa não vai funcionar".*

Ananias ficou entusiasmado:

— Eduardo, sensacional, você até parece que estagiou com meu antigo pastor, aquele cara era de dar nó em pingo d'água e fazia cada homilia falando bonito que choviam doações. Vamos estourar na praça. Quantas pulseiras nós já temos? E que tal pôr uma medalhinha benzida junto, ou uma assinatura do guru?

Elias não gostou:

— Fica caro, vai diminuir a nossa margem. Fica melhor com algum tipo de sugestão de modo de usar.

Eduardo reclamou:

— Pô, eu já deixei claro que é pessoal e intransferível. Que mais vocês querem?

Ananias, com toda a sua prática de rato de Igreja, explicou:

— Se você não faz o fiel se mexer, ele não fica feliz. Não basta ser crente, tem que crentar. Sugiro que você explique que para a pulseira funcionar direito tem que colocar no braço direito e dar três voltas olhando para o Oriente.

Eduardo topou, refez o panfleto e perguntou:

— Agora ficou bom? E a medalhinha?

Tio Zulmiro avisou:

— A Zulmira já está reclamando de fazer pulseira. Grudar medalhinha, nem pensar. Autógrafo do guru? Mas guru não é da Índia? Nem caneta tem como vai dar autógrafo? E se der, no alfabeto deles, quem vai entender?

E lá foi tio Zulmiro para casa buscar mais pulseiras.

Medalhinha e autógrafos rejeitados. Eduardo se manifestou:

— E a produção, como anda? Quantas pulseiras já temos?

— As da Zulmira, umas trinta, e a Miminha vai fazer mais.

Miminha riu:

— A Miminha e o Heitor, por favor! E amanhã não posso vir, é a folga do Edgar. Preciso até devolver os aventais que usamos, ainda bem que ele não percebeu que não estavam no armário. Heitor, veja como vai se comportar enquanto eu estou lá com o Edgar.

Elias insistiu:

— Mas enquanto você está lá com o Edgar, como você falou, não dá para costurar algumas?

Miminha falou meio sem graça:

— O Edgar, agora com esta praga, dá um monte de plantão e quando ele chega ele quer... Vocês sabem... Então não vai dar tempo e não quero que ele desconfie, senão arrumamos mais um sócio para dividir os lucros... E vocês todos tragam para cá tudo quando é pano velho disponível e pano novo se der. Servem até aqueles panos de chão, é só lavar. Também acho que agora vamos ficar ricos!

Ananias voltou a elogiar Eduardo:

— Genial aquele detalhe do fim, que não pode dar a pulseira para outra pessoa, assim o cara compra uma para ele, outra para a mulher, outra para os filhos...

Heitor, gozador, tinha que fazer uma gracinha:

— E nenhuma para a sogra.

Elias concordou:

— É, não para a sogra e não sei se vai comprar para a mulher. Com este isolamento e a mulher o tempo todo no pé dele, é capaz de ele não querer...

Eduardo refletiu:

— Vocês imaginam o que é ter que ficar o dia inteiro com uma mulher que você mal e mal atura? Se eu ainda estivesse casado, naquela fase final do casamento quando a tolerância vai para o brejo, acho que ia acabar em crime ou pelo menos em paulada. Mais uma razão mercadológica para vender nossa pulseira, o cara quer sair de casa...

Miminha não resistiu:

— E a mulher também, meus! A gente aguenta cada coisa dos homens, mas tem limite. Não consigo me imaginar com o Edgar o dia inteiro. Ainda bem que ele trabalha no Einstein, enquanto continua trabalhando, me dá um espaço para vir aqui...

Heitor quis dar uma de bacana:

— Mas se fosse eu, amorzinho, você não ia reclamar de ficar mais tempo comigo.

Miminha foi franca:

— Ia, sim senhor! Gosto de você, se não gostasse não estaríamos juntos, mas você tem defeitos também. Ronca que nem um porco, toma menos banho do que devia... Preciso falar mais?

Heitor ficou sem graça:

— Precisa não, meu bem. Só uma coisinha de nada que me incomoda em você, aquela mania de pendurar a calcinha no boxe do chuveiro...

Antes que os dois continuassem a desfiar uma lista de defeitos um do outro, Ananias achou melhor intervir:

— Razão tem o Eduardo, entre outras motivações para comprar nossa pulseira miraculosa tem mais essa, a encheção recíproca dos parceiros. Isto deve valer também para todos os casais mais moderninhos, gente do mesmo sexo.

— E as crianças? — lembrou alguém. — Ter os filhos o tempo todo dentro de casa: se são pequenos, tem que inventar brincadeiras com eles, haja saco!

Elias lembrou:

— E adolescentes? Já imaginou um adolescente típico e mal-humorado, cheio de hormônios e louco para fazer aquelas coisas de adolescente, preso em casa? Deve ser um inferno! Ainda bem que não casei e não tenho uma destas pestes dentro de casa.

No meio da conversa, tocou a campainha. Era tio Zulmiro. Chegou ofegante, com uma porção de pulseiras novas, e já foi avisando:

— A Zulmira fez mais um monte, precisa de mais pano. E como combinamos, cadê a parte da Zulmira? Se ela não for paga, a fonte seca... E tem que ser hoje.

Elias, dono do caixa, suspirou:

— É sempre assim: todo mundo quer o seu na hora. Tudo bem, vamos lá...

E pagou o da Zulmira, que o Zulmiro, mais do que depressa, foi levar antes que ela resolvesse secar a produção. Mas antes de ir, tio Zulmiro perguntou:

— E os panos para fazer a pulseira, quando é que vocês arrumam?

Eduardo olhou com tristeza para sua cortina da cozinha, mas topou:

— A minha ex escolheu essa cortina de florzinhas e babados que nunca achei grande coisa. Vou tirar e você leva para a Zulmira, deve dar um porrihão de pulseiras. Depois a gente acha mais pano. Não deve ser tão difícil.

Elias concordou:

— Tem na loja do vizinho, que vende tecidos. Nós temos a chave um do outro, posso entrar lá e ir pegando, eu ligo para ele e deixo no balcão o pagamento, ele vai adorar, com a loja fechada nada está saindo. Mas vocês me pagam o que eu gastei para comprar, não?

Eduardo resmungou:

— Eu não estou cobrando pela cortina, estou?

Elias retrucou:

— A cortina é uma doação à sociedade, tudo bem, mas eu não posso deixar de pagar um fornecedor externo. Acho bonito da sua parte, mas você está se livrando de uma cortina horrorosa, sua ex tinha um gosto...

Miminha, pérfida, completou:

— Até para homem.

Eduardo riu:

— Vai ver que tinha, Miminha, como você tem para um vagabundo que nem o Heitor.

Ananias viu que a coisa ia degenerar e com sua longa experiência de igreja evangélica resolveu prevenir a dissensão:

— Que é isto, irmãos... Opa, achei que estava na igreja de novo... Que é isto, turma? Somos todos amigos e sócios, eu até acho que brincar um com o outro pode, não tem problema, mas vamos levar tudo isto na esportiva, senão a sociedade desaba. Vamos lá, Elias, Eduardo, Heitor, Miminha, se abracem e fiquem em paz...

Ressoou como sermão, mas funcionou. A Miminha até riu:

— Abraço de longe, estamos em quarentena.

Heitor concordou:

— Abraço da Miminha só no degas aqui...

E a Miminha, que estava endemoniada, na opinião do Elias, que felizmente ele guardou para si, completou:

— Por enquanto, meu bem, por enquanto...

Voltando todos às pazes, Jorge e seus motoristas pegaram a mercadoria e partiram para um monte de endereços: uma queixa do Jorge e seu grupo era que, ao contrário da coleta de exames, as pulseiras tinham um valor menor e exigiam mais deslocamentos, mais gastos com gasolina, mais trabalho dos entregadores.

Nos dias seguintes algumas coisas ficaram claras. Primeiro, não apareceu polícia alguma atrás dos inventores de testes. Pelo jeito a polícia também tinha se recolhido, ou arrumado coisa melhor para fazer. Bem, no futuro podia ser que alguém levantasse a lebre, mas com tanta desgraça acontecendo... Eduardo tinha uma opinião:

— Quando acabar este isolamento vai ter tanta coisa para fazer e vai haver tanta confusão que eles não vão atrás da gente. Se alguém se queixou e fez boletim de ocorrência, vai ficar por aí mesmo...

A lucratividade das pulseiras era menor, mas o mercado, muito maior. Qualquer um podia pagar 25 paus por uma pulseira e as encomendas choviam. O pessoal do delivery mal dava conta. Todo fim do dia Elias fazia os cálculos e reclamava:

— A entrada até que não é ruim, mas as despesas estão decolando: gasolina, os panfletos que o João teve que fazer mais, já que acompanham cada pulseira, a Zulmira e a Miminha, nossas costureiras. O pior é que a Miminha está ficando cheia de costurar, nunca foi o forte dela fazer este tipo de coisa.

Miminha completou:

— Não nasci para trabalhar em fábrica, que é o que estou fazendo. Além do mais está acabando a linha.

Elias sorriu:

— Tem problema não, pego da loja do vizinho, ele está feliz com nossa clientela, que é a única que ele tem agora e como ele também vende linha e agulha, não tem problema.

Miminha sugeriu:

— E por que os senhores marmanjos também não dão uma mão e costuram, para dividir o trabalho com a Zulmira e comigo, em vez de ficar tomando cerveja e jogando papo fora?

Jorge tirou o corpo:

— Eu coordeno as deliverys e até ajudo, não estou disponível e não sei costurar...

Heitor endossou:

— Miminha, minha querida, eu até gostaria de ajudar, mas não tenho a menor ideia de como se faz isto...

Miminha estava brava:

— Não seja por isto, eu ensino e até um desajeitado como você é capaz de aprender...

Finalmente tio Zulmiro se ofereceu:

— Eu topo.

Silêncio geral. Depois de alguns minutos, Eduardo sintetizou a opinião da turma:

— Zulmiro, a gente agradece, mas não consigo imaginar que tipo de pulseira você seria capaz de fazer, nem com nosso guru inspirando...

— Guru?

— Sim, Zulmiro, o citado no panfleto...

Tio Zulmiro ficou surpreso:

— Mas ele existe?

Eduardo completou:

— Tanto quanto tua habilidade costurativa, Zulmiro. Deixa para lá, você fica é no telefone e no site e olhe que está tocando...

Lá se foi tio Zulmiro atender mais um pedido. Voltou satisfeito:

— Uma família grande! Segundo o cara que ligou é de budistas místicos, seja lá o que isto for, querem 15 pulseiras...

Jorge riu:

— Se todos os pedidos fossem assim, eu não estaria reclamando da logística, aí vale a pena. E que tal deixar algumas em consignação em posto de gasolina, que é a única coisa que não fechou?

Elias foi contra:

— Consignação é bobagem, a gente nem fica sabendo quanto eles venderam, quanto pegaram para revender por um preço melhor... Pô, se eles batizam gasolina, imagine o que vão fazer com nossas pulseiras.

— Que já são batizadas, diga-se de passagem... — completou Eduardo.

Todos se convenceram. Sem consignação.

— Pode ser em posto, pagando antecipado.

O grupo ficou jogando conversa fora e tomando mais cervejas. Heitor reclamou que no dia seguinte ia ficar sem a Miminha, — dia de Edgar — segundo ele: — É pior que dia de menstruação, que ainda por cima é depois de amanhã. Vejam como ela está mal-humorada.

Miminha não gostou:

— Peraí, Heitor. Para começar você não precisa divulgar para todo mundo o dia do meu incômodo e eu não tenho TPM, seu grosso...

Heitor tentou se explicar:

— Eu não falei por mal, meu bem, e já que você tocou no assunto, tem TPM, sim, só um pouquinho, mas tem, nada que atrapalhe nossa relação; até que você fica mais engraçadinha.

— Dessa vez, passa. E ainda bem que o Edgar está trabalhando que nem um doido no hospital, muito funcionário faltando, então quem está bem faz o dobro. Ele até me contou que está preocupado: se com pouca gente dão conta do recado, quando as coisas voltarem ao normal, eles vão demitir... Ele aposta.

Eduardo resolveu especular:

— Quando essa desgraça acabar vai ser duríssimo arrumar emprego. E o que sobrar vai ser o tal home office, onde a gente trabalha mais que no serviço mesmo. Mesmo que tenha horário você acaba fazendo mais para liquidar o que tem que ser feito, o patrão se livra do vale transporte, vai ser fogo... E na oficina, com ninguém comprando carro novo, o que até é bom, vão ter que consertar os carros velhos.

Ananias deu uma pensada:

— Trabalho com carteira assinada e tal vai ser difícil, quem sabe tenhamos que continuar com esta firma. Claro que a pulseira para prevenir Covid é temporal, o mercado vai encolher, mas poderíamos preparar novos produtos. Por exemplo, uma pulseira para usar no tornozelo, para mulheres, para conseguir conquistar o amado...

Elias ponderou:

— Sei não, tem muita concorrência, vamos competir com a fitinha do senhor do Bonfim?

Ananias não se convenceu:

— Tem competição, é claro, mas o mercado é inesgotável, é imenso. O que tem de trouxa neste mundo... Até eu entrei na da minha Igreja e eu não me considero bobo.

Eduardo caçoou:

— E pagou dízimo...

— Paguei, e mais complementações que aposto que foram para pagar o BMW do pastor e o Cadillac do bispo... E não fui só eu, ainda está cheio de gente que acredita nestes caras e nestas épocas de epidemias, de doenças, aí é que eles faturam para valer. Gozado, não vi nenhum tele-evangelista proclamar que as orações dele curam pneumonia por coronavírus. Ou pior que isto, e aposto que vai acontecer, algum destes sujeitos vai inventar que esta epidemia é um castigo de Deus para todos aqueles incrédulos que não pagam dízimo... Vocês vão ver. Mas deixa para lá, eu larguei disso. Alguém sabe do Guilherme? Como é que ele está?

Heitor sabia:

— Está em casa, ainda com muita dor muscular e a tosse tem piorado: a mãe dele está superpreocupada. Ele não falou comigo no telefone, a mãe disse que ele mal consegue falar e ainda por cima não come nada, diz que nada tem gosto.

Miminha se assustou:

— Não está na hora de ele ir para o hospital?

Jorge foi direto:

— Está sim e nós não podemos deixar um sócio à míngua. Eu vou até a casa dele e levo para o meu hospital universitário, conheço os caras, eles arrumam um leito, se precisar. Será que ele está ruim mesmo, ou é susto de mãe?

Elias não concordou:

— Pelo que o Heitor está contando, é mais que susto, esta história está me preocupando. Vai lá, Jorge, e conta para a gente. Tem mais alguém sentindo alguma coisa?

Capitulo IX

Jorge voltou pálido da casa de Guilherme.

— Fui lá na casa do rapaz, é mini, numa vilinha de chão de terra. A mãe é uma senhora muito simples, me recebeu na porta. Segundo ela, a febre até baixou, a tosse não, foi piorando e ela nem sabia como levar o rapaz de novo na unidade de saúde, porque ela não tem carro e os vizinhos nem querem chegar perto. Perguntei: e a senhora não está preocupada em pegar esta desgraça e ela disse que estava, mas que alguém tinha que cuidar do Guilherme, que mal conseguia sair da cama. E que só tem um banheiro na casinha, não dá para ela usar outro e que ela está lavando as mãos e lavando a roupa de cama dele com água sanitária, mas vai fazer o quê, se tiver que pegar, pegou...

— E aí, Jorge, tentou explicar melhor para a dona Cícera?

— Achei que não era a hora de explicar como se proteger e ela me levou até o quarto do Guilherme. Pessoal, assustei de vez. O cara estava lá largado, respirando mais depressa que o normal, tentou tossir para o lado, tentou falar comigo e pouco saiu; perguntou de vocês, se tem mais alguém doente, enfim, a coisa estava preta. Não hesitei, pedi para a mãe dele me ajudar e levei até o carro, nós dois segurando o rapaz, pus ele no banco de trás e toquei para o hospital. Nem precisei pedir nada para os amigos, porque ele chegou, levaram para a sala e em 15 minutos veio um médico de máscara e perguntou quem era o parente dele, a mãe se identificou, e o cara explicou que o Guilherme estava com insuficiência respiratória, que ia direto para a UTI e que ainda bem que tinha leito de UTI disponível. A coitada da mãe dele, dona Cícera, começou a chorar e o cara deu-lhe uma chamada: "Dona, não assoa o nariz sem pôr um lenço, vou lhe arrumar uma máscara para usar, limpe tudo que puder em casa com álcool e se tiver febre ou tosse, corre pro médico. Não, não pode ficar com ele, isto é uma doença contagiosa, o senhor que veio com ela também se cuide" — ganhei uma máscara. Podia dizer que não precisava, tenho acesso a quantas eu quisesse, mas fiquei quieto. Levei dona Cícera de volta, ela chorou o caminho todo, me atrapalhou e, pior que isto, falou na minha direção, senti gotas de saliva no rosto, puta que o pariu, posso estar contaminado...

Miminha ficou pálida:

— Estamos em risco?

Jorge rosnou:

— Não me diga que você não sabia. E mais, todos vocês sabiam do risco e arriscaram. Vamos torcer para que seja só o coitado do Guilherme. Conversei com um dos enfermeiros enquanto o médico explicava lá para a dona Cícera a situação, é um cara que conheço há anos, e ele me disse que se fosse caso de entubação o prognóstico não era nada bom.

Tio Zulmiro ficou confuso:

— *Prog* o quê?

— Prognóstico, Zulmiro, prever o que vai acontecer com o doente. O Hospital está cheio e normalmente já não funciona muito bem, imaginem agora. Mas o Reginaldo, o enfermeiro que é meu amigo, prometeu que vai ver como evolui o Guilherme, eu tenho o telefone dele, depois eu conto para vocês. Não posso encher muito o Reginaldo que está se matando de tanto trabalhar, a escala está com um monte de furos porque tem gente doente da equipe, ligo para ele de noite, se ele estiver em casa.

Ficou um grande mal-estar no ar. Ninguém tinha vontade de falar nada, até que Ananias tomou a palavra:

— Bom, pessoal, agora está feito, quem tinha que pegar, pegou. A gente deveria é ter ido direto para as pulseiras e não se meter a inventar de colher testes, não tem perigo de exposição a doentes. E por falar em coisas desagradáveis, a gente está aqui todo mundo junto. Não tomamos nenhum cuidado de manter distância. O Heitor e a Miminha então... E o Zulmiro já não é criança, a Zulmira também não, se bem que o Zulmiro não foi colher material. A Zulmira mexeu nas roupas, lavou os aventais, espero que tenha usado água sanitária.

Tio Zulmiro confirmou:

— Usou sim, é para roupa branca...

— Ainda bem. Mas como ficamos?

Elias organizou os pensamentos:

— Olha, por enquanto temos uma baixa, não tem ninguém mais com nada, pelo que parece, o nosso negócio vai de vento em popa e agora não tem mais perigo de exposição e nosso perigo maior foi o contato, como o Guilherme. Vamos tocando e torcendo para que nada mais aconteça, vamos em frente com as pulseiras, sugiro que a gente pague pela firma a lavagem do carro do Jorge.

Jorge gostou:

— Precisa desinfetar o carro, o cara devia estar cuspindo vírus em tudo e a mãe dele não sei se está contaminada ou não, mas pode estar. E pessoal, vocês que andaram colhendo, se alguém sentir qualquer coisa, por favor, avisa. Afinal a gente não vai querer se expor e quem estiver doente não vai querer contaminar os amigos, vai?

O pessoal ficou quieto, muito preocupado e não era com o Guilherme. Bem, com o Guilherme também, mas no fundo cada um estava preocupado consigo mesmo. Ananias falou:

— Se eu ainda estivesse assessorando o pastor, diria que Deus vai nos proteger. Mas agora, sinceramente, não tenho tanta certeza.

Durante o dia, iam fazendo e entregando pulseiras, tio Zulmiro pegava encomendas pelo telefone, Eduardo pelo site. O mal-estar ia se dissipando. Em parte. Ananias puxou Elias para o lado:

— Velhão quanto é que temos no caixa?

Elias reclamou:

— Velhão por quê? Temos a mesma idade.

— É só um jeito de falar. Perguntei por que se mais gente ficar doente, a porção de cada um aumenta... e também porque se mais gente ficar doente a firma fica inviável. Sem pessoal para entregar e para fazer as pulseiras, a gente vai ter que encerrar as atividades, rachar o que tem e cada um volta para sua casa.

Elias concordou:

— Temo que vai ser por aí. A turma da coleta se expôs demais, não vai ficar só no Guilherme...

Não ficou mesmo. No fim do dia Eduardo começou a se queixar de dor. Heitor perguntou:

— Mas dói onde?

— Dói tudo. Perna, braço, não aguento ficar sentado na frente do computador e o pior é que nenhum de vocês sabe mexer com ele.

Jorge, que tinha mais experiência com coisas médicas, chegou ao lado do Eduardo e pôs a mão na testa do dito. E se assustou:

— Você está quente pra caralho! Tem algum remédio para febre aqui na tua casa?

Tinha — a ex tinha muita dor de cabeça, eram os mesmos remédios, tinha duas caixas de Tylenol no armarinho do banheiro. Eduardo foi para a cama, pediu para o Ananias ficar no computador e explicou alguns detalhes. Tio Zulmiro foi até a casa dele e trouxe uma sopinha feita pela Zulmira — que segundo ele era ótima para gripes.

Heitor avisou:

— Zulmiro, deixa a sopa aqui na cozinha que eu levo para o Eduardo. Você que é mais velho, nem chegue perto.

Algumas horas depois o Eduardo começou a tossir e se queixar de dor de garganta. Ananias pegou uma das máscaras disponíveis — como disse o Jorge, tinha máscara à vontade — e foi até o quarto do Eduardo. O dito estava ainda com a sopa do lado e Ananias perguntou:

— Que tal a sopa?

Eduardo resmungou:

— Sem gosto de nada. Por favor, tira esse prato daqui, não posso nem ver.

— E você, como é que você está?

— Acho que sem febre agora, com dor de garganta e essa tosse que enche. Como é que estamos de vendas?

Você está conseguindo mexer com o computador e anotar as encomendas?

— Consigo sim, não é tão complicado, e tem cada vez mais encomenda, acho que o Elias vai ter que comprar mais pano senão vai faltar pulseira. Você precisa de alguma coisa?

— Me traz água, estou com a garganta seca. E se eu piorar, vou precisar de médico.

— Vai ser complicado trazer um para cá. Não pelo preço — a firma tem o suficiente, mais que o suficiente. É que os médicos estão mandando quem tem suspeita desta doença para os hospitais se estiverem ruins e dizendo para ficar em casa se não estiverem.

Eduardo tossiu de novo:

— Eita, tosse chata, não sai nada, só dói no peito. Não é só no peito, me dói tudo. Não consigo achar uma posição na cama, todas incomodam. Nem o Jorge, que conhece todos no hospital onde ele trabalha, não consegue um cara para me ver?

— Vou perguntar para o Jorge, mas está difícil...

Desceu, perguntou, Jorge hesitou:

— Conheço muitos, normalmente não seria difícil, mas agora? Posso tentar, mas não garanto. E o que o pessoal fala é que não tem muito o que fazer para quem está bem...

Ananias reclamou:

— Bem ele não está — e a gente tem que fazer alguma coisa. Afinal ele é o fundador da firma.

Heitor atalhou:

— É... E foi dele a ideia de jerico de inventar que fazíamos testes e colocar a gente em contato com doentes. Veja só no que deu...

— Alguma razão você tem — apontou Ananias —, mas a ideia não foi só dele, todos nós concordamos. E, mais uma vez, somos uma firma, dependemos uns dos outros, não vamos deixar ninguém na mão. Jorge vai ver se acha um médico para o moço...

Jorge foi e tio Zulmiro continuou anotando pedidos e mais pedidos, os motoristas levavam as encomendas e traziam o dinheiro, o Elias contava. Enfim, tudo normal, não fosse o som da tosse do Eduardo lá no quarto dele.

Já era tarde quando o pessoal se dispersou, cada um para seu lado. Ananias ainda foi ver o Eduardo, que parecia estar na mesma, e perguntou:

— Você quer comer alguma coisa?

Eduardo se aborreceu:

— Comer o quê? Não sinto gosto de nada. E essa dor me deixa doido. Me traz mais uma água e um comprimido de Tylenol.

Ananias levou e disse para o Heitor e para a Miminha:

— Melhor vocês ficarem por aqui, por conta do Eduardo. Miminha pode aproveitar até para fazer mais pulseiras. Você ainda tem pano?

Miminha reclamou:

— Ter, tenho, o que não tenho mais é saco para ficar fazendo estas pulseiras. Tentei ensinar o Heitor, mas ele é ruim de agulha e linha, não entendo como não consegue aprender. Mas tudo bem é sempre a mesma coisa, homem explora mulher, aqui no caso vocês exploram eu e Zulmira...

E a noite correu assim: Eduardo tossindo e reclamando no andar de cima; Mininha e Heitor aproveitando no andar de baixo. A produção de pulseiras deixou a desejar.

Logo cedo, o pessoal começou a chegar. Ananias foi o primeiro:

— E o Eduardo?

Heitor foi obrigado a confessar:

— Deve ter dormido, porque nem ouvi a tosse dele.

Miminha confirmou:

— E olhe que nós nem dormimos...

Depois de dois dias, Eduardo até pareceu melhor, mas fez questão de avisar aos sócios para tomarem cuidado, pois ele tinha certeza de que estava com o vírus e não queria contaminar ninguém. O pessoal passou a entrar no quarto de máscara. Tia Zulmira topou lavar as roupas de cama, desde que fosse com luvas. Tio Zulmiro exigiu o kit completo para carregar as roupas: máscara e luvas. Heitor achou que nem precisava:

— Zulmiro, você está levando as roupas fechadas em um saco, você acha que o vírus sai do saco para pegar você? Não é um exagero?

Mas tio Zulmiro insistiu e o pessoal achou mais fácil fazer a vontade dele do que explicar detalhes mais complicados. E foi batata! Tio Zulmiro usava a máscara cobrindo só a boca com o nariz de fora e ajeitava toda hora com a mão enluvada.

Jorge riu:

— Parece até os anestesistas do hospital, que usam a máscara assim ou pendurada no pescoço...

Parte III

SALVE-SE QUEM PUDER

Capitulo X

Assim se passaram sete dias. No oitavo, as coisas pioraram. Jorge, que tinha mais experiência da parte médica, chamou Ananias:

— Vem ver o Eduardo!

Ananias foi ver o Eduardo e se assustou. O amigo estava largado na cama e mal conseguia responder. Ananias desceu a escada e encontrou ao lado de Jorge um senhor gordo, careca e muito mal-humorado. Jorge apresentou:

— Este é o doutor Hélio, que teve a bondade de vir ver o Eduardo.

Doutor Hélio, já se paramentando com gorro, máscara e avental, foi dizendo:

— Olha, só pelo Jorge mesmo, que o hospital está uma loucura, a gente está se matando de trabalhar e nem sempre tem tudo que a gente precisa para se proteger; por exemplo, estamos sem os óculos de proteção. Ainda bem que eu uso óculos de grau, estes também protegem pelo menos pela frente, mas não dos lados. Vamos lá ver o paciente?

Foram. Demoraram um tanto. Dr. Hélio desceu antes, Jorge atrás, falando para Ananias:

— Por favor, acerta com o Dr. Hélio. Ele acha que vamos ter que levar o Eduardo para o hospital. Lá está cheio, mas como eu conheço a turma e o Dr. Hélio é da casa, a gente interna o Eduardo.

Ananias insistiu:

— Doutor, mas precisa mesmo? Não dá pra tratar o Eduardo aqui? A gente faz o que for preciso pelo amigo.

Dr. Hélio foi maldoso:

— Faz o que for preciso, é? Sabe entubar? Tem oxímetro?

Ananias ficou confuso:

— Desculpe-me, doutor, não estou entendendo.

Dr. Hélio suspirou:

— Acho que fui meio duro com você, me desculpe, mas estou saindo de um plantão daqueles. O seu amigo está respirando com uma frequência muito alta e tenho certeza que vai precisar de ajuda. Jorge, nem tente arrumar ambulância, estão todas rodando por aí.

Jorge explicou:

— Tem problema não, levo no carro, é a segunda vez que eu tenho que dar uma de socorrista.

Dr Hélio ficou sério:

— Quantos estão em contato com o paciente? Incluindo você, Jorge.

— Estamos juntos faz um bom tempo, desde que esta epidemia praticamente começou.

Ananias perguntou:

— O senhor recomenda algum resguardo?

Dr. Hélio soltou um riso irônico:

— Resguardo, faz tempo que não ouço esta palavra, é mais para grávida depois do parto. Se vocês estão assim juntos acho que não tem muito o que fazer, é contar com a sorte. Os meus colegas e professores dizem que muita gente pega o vírus e não sente nada — se for assim, melhor para vocês...

E lá se foi o Jorge de novo com o Ananias amparando Eduardo até o carro. Não foi fácil colocar o Eduardo, que era alto, um metro e oitenta e sete, no banco de trás do fusca. O motorista reclamou com o Jorge:

— Espera aí, você me contratou para delivery de pulseira, não delivery de semimorto.

Jorge ficou possesso:

— Fica quieto, seu viado, não vamos deixar esse coitado na rua, vamos?

O motorista quase falou que era uma excelente ideia, mas achou melhor guardar a tal ideia para si mesmo.

Partiram, ficou aquela sensação de desastre. Os outros foram chegando para a reunião e, ao saber do ocorrido pelo Ananias, cada um ficava mais calado do que o outro. Nem o Heitor quis fazer piada. Ananias foi para o computador, Tio Zulmiro para o telefone e as encomendas vinham chegando.

Miminha reclamou:

— Amanhã é dia do Edgar e eu vou ter que dar para ele... Ele vem do hospital, diz que usa todos os meios de proteção, mas sei não...

Heitor sugeriu:

— Faz com ele como fez comigo.

Miminha não gostou:

— Agora vai dizer em público e em alto e bom som como fizemos? E o Edgar é daqueles que não tem a menor imaginação, não vai gostar de experimentar novidades, mas posso tentar convencer...

Heitor foi claro:

— Miminha, a mulher sempre consegue que o homem faça como ela quer nessa hora, com aquela ameaça que vocês usam quando o cara não quer usar camisinha: se não vestir, não tem...

Tio Zulmiro estava indócil:

— E o Guilherme, alguém sabe dele?

Ananias olhou por cima do computador:

— Espera o Jorge voltar, ele deve perguntar como anda o Guilherme, o Eduardo vai para o mesmo hospital. Algum de vocês conhece alguém da família do Eduardo, para a gente avisar?

Ninguém conhecia. Elias assuntou:

— Posso mexer nos papéis dele, para ver se acho? A gente está na casa dele, aposto que em algum lugar deve ter alguma informação.

Ananias considerou:

— Acho que não tem problema. Vamos em dois, porque se tiver dinheiro...

— Um policia o outro...

— É como diz a Bíblia Sagrada, não nos deixemos cair em tentação...

— Porra, Ananias, você deveria ter ficado na tua igreja, com este jeito de pastor...

Ananias concordou, rindo:

— Se eu fosse pastor estava bem hoje, muito melhor que vocês, cheio da grana, e dizendo que esta doença é coisa de Satanás e que se der um quínzimo em vez de dízimo, derrotaremos Satanás sem ter que fazer este maldito isolamento...

— Quínzimo?

— Um quinto do que você ganha, Heitor, em vez de um décimo...

— Mas então não seria um víntimo por cento? — observou o Elias, que era bom com números.

— Mais uma vez, irmão, no meu caso um quinto ou um décimo são a mesma coisa, nada de nada...

Ananias e Elias remexeram os armários e as gavetas e tudo que acharam foi o endereço e telefone da ex. Nada de outros membros da família. O dinheiro estava na última gaveta, nota em cima de nota, tudo amarrado com elástico. Ficou tudo lá. Então o Ananias resolveu:

— A ex com certeza sabe dos pais, irmãos, estas coisas. Zulmiro sai do telefone que eu preciso usar.

Tio Zulmiro reclamou:

— Está entrando um monte de pedido, nem estou dando conta, dá para esperar?

Os dois, Elias e Ananias, se olharam. Elias falou primeiro, mas os dois pensaram praticamente a mesma coisa:

— Com dois doentes e a gente muito junto, o risco de mais gente se ferrar é grande. Está na hora de fazer as contas, dividir os lucros e cada um ir para o seu canto, rezando para não pegar esta desgraça ou, se pegar, de uma forma leve. Dizem que tem...

— Mas é uma boca tão boa...

— Bem, a gente poderia montar um sistema à distância. Põe o Zulmiro na casa dele, no telefone; eu tenho um computador em casa, o site está no ar, e os motoristas do Jorge se toparem, tocam as deliveries. Pra que ficarmos todos juntos aqui, arriscando? A gente não sabe quem está contaminado e nem tem jeito de saber, não tem teste disponível nem pagando.

Ananias concordou:

— Podemos organizar a firma para home office e eu vou ligar agora para dona Lydia, a ex do Eduardo. O telefone está no caderninho dele, na mesa de cabeceira. Está assim: Lydia, minha ex, a peste...

Na hora em que tio Zulmiro deixou, Ananias ligou e se apresentou. Dona Lydia ficou confusa:

— Seu Ananias? Não lhe conheço, se é para vender alguma coisa, nem pense que eu detesto telemarketing.

Ananias concordou, ouvindo a voz rouca de dona Lydia:

— Eu também odeio, ainda mais quando vem com musiquinha ou aquela idiotice de pergunta. Você ouve e depois deixam a gente pendurado esperando um palhaço falar do imperdível imóvel ou do sensacional consórcio para enterro — devem estar faturando bem nos dias que correm. Não, dona Lydia, não é nada disso, é a respeito do Eduardo.

— Que é que este sem-vergonha aprontou agora?

— O Eduardo está doente, dona Lydia, muito doente com esta porcaria que está dando por aí, tivemos que levar ele para o hospital.

Dona Lydia se assustou:

— Minha nossa, que horror! Onde ele está? Preciso ir até lá...

Ananias explicou:

— Dona Lydia, não tem visita, é tudo isolado, não dá. E seria até arriscado a senhora se expor. O Eduardo tem parentes para a gente avisar?

Dona Lydia começou a chorar do outro lado da linha:

— A gente pensa que detesta o cara, mas não é assim, ficamos quatro anos juntos, isto não desaparece, se a gente se gostou uma vez, fica, a gente esquece as sacanagens que foram muitas, me desculpe o desabafo. O Eduardo tem uma mãe velhinha lá em Minas Gerais, ela mudou de casa há pouco tempo e não tenho o telefone novo, só o antigo. Se ajudar, te dou...

Ananias refletiu:

— Até daria para achar, pessoal da polícia e tal, mas para nós é muito difícil, ainda mais agora que tudo funciona mais ou menos e com menos gente. O que eu posso fazer é pôr a senhora a par do que for acontecendo, tenho um amigo no hospital que me dá notícias.

Foi com que a dona Lydia teve que se conformar. Mesmo assim, ela insistiu:

— Por favor, me conta como ele está. O senhor está me ligando da casa do Eduardo: o senhor trabalha com ele? O senhor não vai se importar se eu ficar ligando para saber, vai? Prometo não exagerar, se eu estiver incomodando o senhor me diz. O senhor tem telefone?

Ananias tentou desconversar:

— Estou na casa do Eduardo, a gente estava trabalhando junto em home office. Eu tenho um celular, mas por incrível que possa parecer, eu não lembro o número... Afinal, é meu telefone, eu só ligo para ele quando perco o celular, isto acontece muito de vez em quando. Mas eu ligo para a senhora, tenha certeza...

Dona Lydia fungou:

— Olha, eu não queria incomodar, mas vou...

Ananias foi gentil:

–Não é incômodo nenhum, senhora, eu ligo assim que tiver notícias. Mas eles só informam uma vez por dia, a senhora vai ter que ter paciência.

Dona Lydia agradeceu, chorou mais um pouco e insistiu que não queria incomodar.

Ananias pensou lá com ele que ia incomodar sim, mas fazer o quê? Coitada da moça. Moça? Ele não tinha a menor ideia da idade, mas não devia ser muito diferente da do Eduardo, talvez mais nova. Enfim, mais um problema, como se os que já estivessem por ali fossem poucos. Voltou a falar com Elias:

— Essa mulher daqui a pouco vai aparecer por aqui, vai estranhar o Zulmiro no telefone, este monte de pulseiras, a Miminha se agarrando com o Heitor, acho melhor encerrar as atividades, dividir a grana, pagar para os motoristas. E o Jorge, o seu vizinho dos panos, a Zulmira, a Miminha — tem mais?

Elias, com prática de comércio, sugeriu:

— Ananias, quando uma firma acaba e deixa as dívidas, vão cobrar de quem? Para que pagar?

Ananias admirou-se:

— Velho, você me lembra o meu pastor, ele era bom de sacanagem... Não Elias, não vamos deixar rabo, depois os prejudicados vão em cima da gente. Todos nós nos conhecemos, todo mundo sabe onde nos encontrar e eu não acho uma boa, por exemplo, sacanear o Jorge e os motoristas, tudo gente parruda... E imagina a Zulmira brava — quem vai enfrentar?

Elias riu:

— Eu não! Você tem razão, é claro, mas a tentação é grande.

Ananias imitou o pastor:

— Irmão, não caia em tentação, que depois você não entra no reino dos céus. Lá tem um contabilista que nem você, com um caderno que nem o seu, com tudo anotado, o que você fez e o que você deixou de fazer, e se a conta não for a teu favor, o inferno te espera.

Elias riu. No fundo gostava daquele falatório do Ananias:

— Você deveria ter continuado pastando, você é bom para caralho nisso...

Ananias também riu:

— Talvez devesse, mas agora é tarde, virei vendedor de pulseiras. Tem mais, meu amigo, algumas teologias evangélicas dizem que Deus já escolheu, antes mesmo do cidadão nascer, se ele vai ser salvo ou não, e nada que ele faça nesta terra muda o seu destino. Esta noção não é muito popular agora, é mais coisa de séculos passados, até porque, se você já está salvo, para que dar o dízimo? E se você já está condenado, nem vale a pena ir à Igreja ou dar o dízimo, ou seja lá o que for, é mais negócio cair na esbórnia e aproveitar enquanto dá.

Elias ficou surpreso:

— Tem esta doutrina? E o tal livre arbítrio?

— Pois é, não tem muita lógica, mas... Porra, Elias! Você procurar lógica evangélica é como procurar pelo em ovo. Por isto mesmo que desisti da Igreja. Bom, como é que fazemos a dissolução da firma?

Elias explicou:

— Não é difícil. Vamos tirar o Zulmiro do telefone, colocar no site que o guru cansou de benzer as pulseiras e como ele é velhinho, para evitar o Covid, se recolheu a uma gruta debaixo do Everest onde ele ora pela humanidade.

— Então junta o povo e vamos explicar para a turma que acabou a mamata.

Ananias suspirou:

— Foi bom enquanto durou. Não fosse a ideia de jerico do Eduardo de inventar que ia colher testes... A gente deveria ter ido direto para as pulseiras. Dá menos, deu menos mesmo, mas pelo menos não arriscou nossa turma...

Elias riu:

— Chega de menos, precisamos de mais...

— Mais?

— Mais dinheiro, mais sorte: como dizia o Eduardo, crises são oportunidades para os que sabem reconhecê-las.

— Pois é, reconheceu tão bem que se ferrou e mais alguns — pode ser até nós...

— Vira essa boca para lá!

— Você precisa cair na real, meu amigo. O período de incubação desta desgraça é quatro dias, como dizem os jornais, e pode ser maior, e a gente pode estar incubando e passando isto para os outros.

Capítulo XI

Juntaram toda a turma, com exceção do Jorge. Ananias ia começar quando Jorge chegou. E foi avisando:

— Pessoal, más notícias!

Todo mundo ficou assustado. Miminha não aguentou a tensão:

— Desembucha cara!

— O Guilherme morreu.

Silêncio total. Depois de tomar fôlego, Jorge continuou:

— E o Eduardo, assim que chegou, foi para a UTI. Meus amigos lá no hospital disseram que pelo menos metade dos que chegam lá e são entubados, morrem...

Heitor começou a chorar. Logo o Heitor, machão a toda prova:

— Não é possível! Conheço o Eduardo faz um tempão, somos amigos, cansei de ouvir lamúrias dele a respeito da Lydia... E o Guilherme, tão moço, só ele sustentando a mãe... Que doença mais filha da puta!

Ananias aproveitou a deixa:

— Pessoal, eu estava discutindo com o Elias se a gente continuava no negócio ou era melhor parar tudo, dividir o que deu, depois de pagar as dívidas, os fornecedores e cada um partir para o seu lado.

Miminha foi enfática:

— Não precisa pôr em votação não, seu Ananias. Eu não quero mais nada com isso, sei lá se já não estou contaminada e se passei isto para o Heitor... E o coitado do Edgar, que nem desconfia.

Heitor parou de chorar:

— Que é isso, Miminha, o Edgar está careca de saber que você dá pra mim, mas é aquela história, um velho feio como ele vai arrumar uma menina bonita como você aonde? Tem que dividir com mais gente...

Ananias esperou, e tio Zulmiro reclamou:

— Mas vamos parar por quê? Está cheio de otário ligando para nós atrás das pulseiras. E o presidente não disse que essa doença era só uma gripezinha?

Elias quase perdeu a paciência:

— Zulmiro, só você e mais uns tontos acreditam neste cara, e porra, você tem a demonstração aqui, na sua cara, de que isto não é só uma gripezinha. Veja o Guilherme, o falecido Guilherme, e o Eduardo, que pelo jeito está muito mal. E Zulmiro, você é o mais velho da turma, se você pegar esta desgraça, você dança, já era...

— E vou pegar como? Nunca fui colher exames como vocês...

— Não usou o telefone? E o telefone de quem é? Do Eduardo, que deve ter falado, cuspido e espirrado no dito. Claro que você está em risco, como todos nós.

Jorge, ainda nervoso, completou:

— Meu pessoal, meus motoristas também não querem mais trabalhar para a gente. Como me disseram, entregar pulseiras é uma coisa, levar doente para o Pronto Socorro sem proteção é outra, muito diferente. Por falar nisso, o carro que levou o Eduardo já foi para desinfetar — e, por favor, não esqueçam de pagar, eu trago a nota para o Elias. E sem os motoristas, quem vai fazer as entregas? Não estou a fim de ceder meu carro, nem vou fazer todas as entregas eu mesmo, e nunca vou deixar o Heitor ou a Miminha na direção do meu possante, está sem seguro. Não, pessoal, acho que foi bom enquanto durou, mas já era. Ananias liga para a Lydia e conta que o Eduardo está na UTI, e enquanto isto o Elias faz a contabilidade, divide o que sobrou e tchau e bênção...

Ficou a decepção no ambiente, mas fazer o quê? Sem o Jorge e sem Eduardo, Ananias concluiu para todos:

— Assim não vai dar. O Jorge tem razão. Se estivéssemos em tempos normais a gente poderia ir num restaurante e fazer um lindo jantar de despedida, mas agora todos estão fechados.

Heitor sugeriu:

— E se a gente comprar umas cervejas e fizer uma última reunião comemorativa do fim de nossos trabalhos? Elias tira o custo do nosso lucro.

Ananias não concordou:

— Com um morto e outro morrendo você quer comemorar o quê?

Heitor estava inspirado:

— Então a gente bebe as cervejas num velório.

— Que falta de respeito, Heitor! — cortou Miminha — Você não tem o mínimo de empatia. Como é que fui namorar uma peça destas!

— Paixão, querida, paixão, você é a metade da laranja que me completa.

Elias não resistiu:

— Só se for metade do abacaxi.

Miminha caiu na risada:

— Você tem razão, só que somos duas metades de um abacaxi cortado na transversal. O Heitor é aquela parte de folhas espinhosas e eu sou a polpa doce...

Ananias e o Elias se juntaram em cima das planilhas, calcularam o quanto cabia para cada um, quanto pagar a Zulmira e a Miminha pelos trabalhos de costura, a parte do Jorge, seus motoristas e as contas nos postos — e ainda sobrou um bocado.

Elias arriscou:

— O presidente e o tesoureiro mereceriam um extra pelo trabalho...

— Mas nem por engano — disse Ananias. — Elias, deixa de ser ganancioso, você quer nos deixar mal com a turma? E se um dia der polícia por aqui querendo saber quem foram os vigaristas que inventaram coleta de testes? Se os caros amigos se sentirem roubados, vão ter um episódio agudo de dedo-duro e a polícia vai cair em quem? Deixa para lá, foi bom enquanto durou, e deu bastante para cada um. Sem essa...

Elias resmungou, pegou o maço de dinheiro que estava dentro do armário da sala e começou a fazer as pilhas. Perguntou:

— A parte do Guilherme? E a do Eduardo?

Ananias coçou o queixo:

— A parte do Guilherme só dá para pagar se alguém for levar para São Pedro, se é que ele está lá, pode ser que esteja do outro lado e aí o demo pega a grana e não entrega. Deixa pra lá, a parte do Guilherme fica para todos.

Miminha se compadeceu:

— E a dona Cicera? Coitada!

Elias acrescentou:

— O Guilherme já ganhou pelo que ele fez. Não participou das pulseiras. Então acho que já deu o que tinha que dar.

Miminha perguntou chorosa:

— E o Eduardo?

— O Eduardo é diferente, tem a ex, ela ainda não sabe das coisas, mas vai acabar sabendo se o Eduardo se recuperar. Vamos esperar ela aparecer por aqui e dar a parte dele para ela, pelo menos para guardar. Se o Eduardo escapar, ele pega com ela.

Elias não concordou:

— A primeira coisa que a dona Lydia vai fazer é tirar os atrasados de pensão que o Eduardo não pagou, não sei o que vai sobrar para ele...

Ananias não se importou:

— Isto é lá com os dois, eles que se acertem, se, mais uma vez, o Eduardo escapar desta.

Elias concordou:

— Fica mais decente assim. Vamos lá...

Fizeram as pilhas, foram distribuindo e não era pouco. Mas, como lembrou o tio Zulmiro, podia ser mais. Ele sugeriu:

— E se a gente em vez de encerrar a firma, começar a fazer máscaras, por exemplo? Tem um mercadão à nossa espera.

Ananias riu da ingenuidade de tio Zulmiro:

— E tem um montão de pessoas fazendo máscaras decorativas, com florzinhas, com aplicações de gatinhos, homem-aranha, coelhinhos, distintivos do Corinthians... Tem gente na televisão ensinando a fazer máscara em casa — não vai dar, não. Se for assim, seria melhor manter as pulseiras, mas sem o delivery não dá.

Tio Zulmiro teve uma inspiração:

— E se a gente vendesse um remédio milagroso para prevenir a doença? A gente arruma umas garrafinhas e coloca lá um pouco de pinga, umas ervinhas, põe a propaganda no site...

Ananias resmungou:

— Zulmiro, isto é coisa para Bolsonaro ou Trump, não para uma trupe de pobres coitados que trabalham no muquifo do Eduardo. Cadê as garrafas? Cadê as ervas? Cadê a pinga? E, mais uma vez, e a distribuição? E isto tem muito mais risco que as pulseiras. Meu pastor deve estar inventando uma bênção telemática que cura ou evita a doença, desde que os fiéis depositem uma contribuição, nem precisam sair de casa, dá para fazer pelo celular e depois até podem sair para onde quiserem que não pegam... Não, Zulmiro, isto não é para a gente. Vamos logo fazer esta divisão.

Capítulo XII

Distribuição feita, cada um conferiu o seu, particularmente tio Zulmiro, queria conferir também o dos outros, para ver se era igual ao dele. O Ananias olhou para o céu:

— Pô, Zulmiro, você não confia na gente. Vou orar por você e por todos nós, para acabar com esta paranoia.

Heitor sorriu:

— Uma vez crente sempre crente! Não vem com esta frescura de oração com a gente.

Ananias riu:

— Pois é a gente pega o vício...

Cada um pegou o seu, realmente não era pouco, e aí vieram as despedidas. O Heitor saiu com a Miminha, com as intenções de sempre, abraçadíssimos, isolamento não era com aqueles dois, pelo menos não um do outro. O Ananias abraçou o Elias, o Elias se assustou:

— Que é isto, meu? Abraços neste momento?

Ananias explicou:

— Elias, se a gente ficou este tempo todo junto, sem nenhum cuidado, o Eduardo e o Guilherme incluídos, ou a gente já pegou a forma assintomática ou não pegamos, porque em bicho ruim não entra. Portanto, deixa esta frescura de lado e vamos para outro abraço. Foi um prazer trabalhar com vocês.

Jorge concordou:

— Foi sim, ganhei com vocês umas 50 vezes mais que ganho no meu servicinho público, já incluindo as bocas que tenho lá e que dão pelo menos o dobro da esmola oficial. Mas, se me permitem, sem abraços. Já chega carregar dois encovidados para o hospital. Estou protegendo vocês, meus irmãos.

Tio Zulmiro protestou, levantando as mãos aos céus:

— E o que vou fazer da vida? Estava gostando de ser call center...

Um coro:

— Vai explorar a Zulmira, como sempre...

Tio Zulmiro ficou indignado:

— Explorar? Como assim? Nosso matrimônio é como se fosse uma sociedade de apoio mútuo.

Elias não resistiu:

— A Zulmira apoia e você entra no mútuo... Para quem não conhece o termo, mútuo é aquele empréstimo entre sócios com condições de pagamento de mãe para filho. — Elias então perguntou:

— E agora, cada um vai para seu canto? E a casa do Eduardo, como fica?

Ananias topou enfrentar o problema:

— Eu ligo para dona Lydia e espero ela chegar, enquanto vocês se mandam. E como eu conheço um pouco de informática, não que nem o Eduardo, mas dá para o gasto, eu limpo o computador do site e dos pedidos, para segurança de todos nós. Seria bom a gente manter contato. Mas é preciso também trocar de telefones. Todos nós devemos descartar os números usados até agora e comprar novos.

Capitulo XIII

Dona Lydia chegou rápido, apenas meia hora após a turma se dispersar. Foi entrando, pelo jeito não devolveu a chave para o Eduardo. E foi reclamando:

— Cadê a minha cortina?

Ananias achou melhor não explicar que a cortina foi retalhada. Ainda estava no computador e logo reparou que dona Lydia era muito bonita. Morena, cabelo preto liso, pouca maquiagem, mas o suficiente para ressaltar a boca, pernuda e muito assustada:

— O senhor é amigo do Eduardo?

— Sou sim, e tem mais amigos que estão querendo ajudar, mas a senhora sabe como estão as coisas: conseguir um lugar num hospital decente já não foi fácil, e pôr na UTI ainda mais complicado porque tem poucas vagas. Ainda bem que o Eduardo é moço, eles dão preferência em relação aos velhinhos. Não é oficial, mas todo mundo sabe disso. Vamos manter contato e eu conto como o Eduardo está evoluindo. Vou lhe dar o nome do hospital, mas eles não permitem visitas e nem dão o nome do médico que está cuidando do paciente. Eles inventam que é um trabalho de equipe — pode até ser verdade.

Dona Lydia sentou bem naquele sofá velho onde o Heitor e a Miminha costumavam ronronar abraçados, e foi franca:

— Eu me separei do Eduardo porque ele era um pilantra. O senhor tem cara de sério, como é que ficou amigo dele?

Ananias imitou a pose do seu ex-pastor para conversas com o rebanho:

— Dona Lydia, todos nós temos defeitos e qualidades e se puder dar uma opinião, que a senhora, é claro, não tem que aceitar... É hora de perdoar e ajudar o Eduardo, que precisa de toda a ajuda que for possível, porque esta doença é terrível. Antes de ir para o hospital o Eduardo me pediu para dar isto a senhora, o dinheiro que ele está lhe devendo e um pouco mais...

Dona Lydia se assustou:

— Ele deve estar muito mal mesmo, para chegar a este ponto. Sabe, a gente brigou muito na separação até chegar ao divórcio, que fizemos no cartório. Também não tinha muito que dividir, não tivemos filhos, felizmente, e deixei com ele esta casinha que pouco vale, fiquei com o carro que vale menos ainda. E este maço de notas de 100 é mais do que nós dois ganhamos durante todo tempo que ficamos juntos. De onde saiu este monte de dinheiro? O Eduardo arrumou outro emprego além da oficina? Ele sempre foi bom de computador.

Ananias balançou a cabeça:

— Sou amigo dele há pouco tempo, não sei de emprego porque logo veio este tal de isolamento social e a gente conversava e ficava aqui mesmo, na casa dele. Como ele tem o computador, vai ver que estava trabalhando em casa, mas nem sei quem avisar no emprego, se ele tinha...

Dona Lydia assuntou, enrolando uma mecha do cabelo:

— Se ele estava empregado, e com grana, porque não pagou aquela porcariazinha de pensão que nós acordamos? É quase nada, e quem arrumou um emprego fui eu, mas agora com este tal de isolamento que o senhor fala, estou aguardando que me demitam, me contrataram há pouco tempo.

Ananias ficou curioso:

— E qual é o seu emprego?

Dona Lydia olhou para ele de uma forma que o incomodou:

— Por que o senhor quer saber?

— Só por curiosidade...

Dona Lydia levantou. Deu uma volta, Ananias voltou a apreciar as pernas e o posterior da moça e mais uma vez imaginou que, se tivesse chance...

Ela finalmente respondeu:

— Sou recepcionista num consultório médico e o doutor suspendeu todas as consultas, está telemedicinando. Me telefonou dizendo que meu salário está garantido, ele vai pôr na conta, por pelo menos três meses que, segundo ele, é quanto vai durar esta história de isolamento. Aposto que ele deve estar faturando mais com as tais consultas telemáticas e vai perceber, se é que já não percebeu, que ele não precisa de consultório, com as despesas de aluguel, recepcionista, água e luz e sei lá mais o quê. O problema é a cobrança — quero ver os doentes pagarem por teleconsulta.

Ananias deu uma de consultor financeiro:

— Isto é fácil de resolver: faz como os sites de compras. Você aciona o site do doutor, pede uma consulta, eles pedem o seu cartão, dão o preço e você paga antes de começar. Sem ficha de convênio para preencher, sem imposto a pagar — quem vai controlar isto? Se eu fosse médico, ficaria como a senhora falou, só na telemedicina.

Dona Lydia ficou pensativa:

— Pois é, estou vendo meu emprego sumir e o de muita gente — sorriu. — O senhor não me disse o seu nome e sem essa de senhora, eu sou a Lydia.

Ananias sorriu de volta:

— E eu sou o Ananias. Prazer em conhecê-la.

Lydia pegou o dinheiro dentro do envelope que o Ananias lhe deu e começou a contar. Ficou visivelmente surpresa:

— Nossa! Tudo isso? Pensão adiantada por mais de um ano?

Mas no fundo, ficou preocupada. "Será que não é nota falsa? E estou sozinha, com toda esta grana, com um cara que nunca vi mais gordo — nem mais magro."

Deu uma pausa na contagem do dinheiro:

— Preciso ver o Eduardo...

Ananias não concordou:

— Primeiro não tem visita na UTI, não tem como ver. E eu não iria hoje ao hospital, cheio de gente com este vírus. Me falaram que é possível uma visita virtual, se ele estiver consciente, mas se estiver com o tubo ele deve estar sedado. Não, Lydia, acho melhor esperar ele melhorar, e aí você visita. Vou te dar o telefone do Jorge, amigo de nós dois, que foi quem levou o Eduardo para o hospital. Ele trabalha por lá, fica mais fácil ele te dar as dicas...

Lydia perguntou:

— Posso ver o quarto do Eduardo? Ainda deve ter coisas minhas por lá...

Foi subindo a escada. No meio, olhou para baixo e pediu:

— Vem comigo, eu não quero tirar nada dele, preciso de uma testemunha senão quando ele sarar vai me amolar porque isto ou aquilo sumiu...

Ananias topou, foi atrás da Lydia e achou lindo o movimento de cadeiras da moça, mas não comentou.

No quarto a Lydia abriu gavetas, abriu o armário e foi resmungando:

— Ainda tem roupa minha por aqui, e o sem-vergonha me disse que não tinha mais nada. Olha aqui nesta gaveta, minha roupa de baixo — ou será que não é minha?

Ananias olhou e confessou:

— Lydia, eu não entendo nada de moda feminina, estas calcinhas podem ser suas, mas como é que dá para saber? Só se você experimentar... Posso ver você experimentar?

— Pode sim, seu safado.

E foi tirando a roupa. Claro que tudo acabou na cama do Eduardo e o Ananias pensou lá com seus botões — cadê os botões? — que, entre todos os pecados, o melhor era aquele mesmo.

Quando acabou, Lydia levantou, pegou a roupa, se vestiu, pegou o envelope, as calcinhas que disse que eram dela, enfiou na bolsa e se despediu do Ananias:

— Vou ligar para este tal de Jorge e ver o que é possível para saber do Eduardo. A casa dele — você me disse que trabalhava com ele, você e mais alguns, vocês precisam da casa?

— Precisar como?

— Vocês estão usando aqui como escritório, não é? Então, se precisarem manter, não tem problema, nem vou cobrar aluguel por enquanto. Venho aqui para ver como andam, amanhã ou depois, estou com muito tempo de sobra com este maldito isolamento.

Ananias perguntou:

— Mas você não fica preocupada de sair e andar por aí, desprotegida? Sem máscara?

Lydia riu:

— Está cheio de gente na rua e nem todo mundo usa máscara. Eu tento manter distância dos outros e vou arrumar uma máscara, sei lá quanto ajuda. O que não pode é contato perto — por exemplo, o que nós fizemos não pode...

— É, mas resistir quem há de, com você experimentando calcinha, nenhum homem resiste... Me conta um pouco de você, afinal não dá para ficar só na trepada...

— Me conta primeiro de você.

E o Ananias contou, incluindo sua fase evangélica. Lydia riu:

— Não acredito que trepei com um quase pastor... Mas faz sentido, pastores comem ovelhas, não comem?

Claro que Ananias não contou sobre a formação da firma e suas atividades, afinal, Lydia não precisava saber essas coisas. Ele quis saber é da vida da Lydia:

— Agora é sua vez. Quem é a dona Lydia?

Ela riu:

— Sem esta de dona de novo. Minha família é uma confusão total: meu pai tem outra mulher, minha mãe arrumou um idiota que se acha no direito de dar palpite na minha vida, tenho meio irmãos de um lado e do outro e por causa do Messias, o tal do meu padrasto, saí de casa cedo, assim que acabei o secundário. Tentei entrar em uma faculdade pública, mas desisti — não sou de ficar estudando, não nasci para isso... Então encontrei o Eduardo, moço bonitão, cheio de menina em cima dele, mas eu ganhei...

— Ganhou como?

— Adivinha... E casamos, mas o Eduardo não desistiu da vida de solteiro, se me entende, continuou a arrumar uns casos e eu fiquei dependente dele, só ele trabalhava, nem podia dar muito palpite, até porque quando me queixei para minha mãe ela disse que homem é assim mesmo, todos são iguais, o mundo é assim, vai fazer o quê? Mas eu pensei que se homem é assim, mulher também pode ser e afinal, depois que inventaram a pílula e a obrigação de vocês usarem camisinha...

— Nossa! Não usamos!

Lydia sorriu:

— Uma vez só não acontece nada, ou tem alguma coisa que você precisa me contar?

Ananias hesitou:

— Você sabe, a gente não nasceu ontem, eu já fiz até teste para HIV, mas todos exames estavam normais há seis meses e nestes seis meses vou te confessar, não tracei nada, e não foi por falta de tentar.

Lydia riu:

— Coitadinho... Então eu fiz uma obra de caridade, tirei teu atraso. Sabe, quando eu casei com o Eduardo eu também fiz um monte de exames, ele também, ninguém tinha nada e depois que eu me separei sempre foi com camisinha — só hoje que eu relaxei. Deixa de neura, com esta epidemia por aí acho até que AIDS é o de menos, para ela pelo menos tem remédio, para esta desgraça não tem.

E de repente começou a chorar:

— O Eduardo, sem-vergonha, filho da puta...

Ananias tentou consolar:

— Que é isto, fica calma, afinal vocês foram casados...

Lydia olhou para ele, olhos cheios de lágrimas:

— Pois é, fomos, nos gostamos, nos desgostamos, não podia acabar assim. Me falaram que é horrível, a pessoa fica com um tubo na garganta, sem poder falar, sem ver ninguém, todo mundo em volta. Parece um marciano cheio de roupas e máscaras e sei lá mais o quê, a família não pode entrar, você não respira, que horror!

Ananias tentou mostrar a coisa de outro jeito:

— A pessoa fica sedada, não vê e não sente nada, se morrer nem percebe...

Aí é que a Lydia se derreteu. Chorou, chorou até não poder mais.

Capitulo XIV

Alguém bateu na porta Era o Jorge. Ananias abriu. Jorge viu Lydia e Ananias juntos, Lydia chorando, quis dar meia volta, mas Ananias explicou:

— Jorge, é a ex do Eduardo, mas muito preocupada com ele, eu contei que você levou ele para o hospital. Tem alguma informação?

Jorge foi direto:

— Ter, tenho, mas não é boa. Ele está entubado, ainda bem que ainda tinha respirador disponível, mas o problema agora é a máquina de diálise — os rins dele pararam de funcionar e tem pouca máquina disponível. O hospital tem, meus amigos da UTI me disseram que estão racionando o tempo de diálise, fazendo sessões mais curtas, pelo menos o Eduardo não ficou na mão. Tem monte de lugar que não tem.

Lydia perguntou, sem muita esperança:

— Mas não dá para ver?

Jorge foi claro:

— O hospital tem uma sala aonde de vez em quando vem alguém e dá noticias, e se a senhora quiser um palpite, não vá nesta sala. É pequena, está certo que está todo mundo de máscara, mas a ventilação é ruim e esta peste se espalha pelo ar. A pessoa que vai lá é parente, já teve contato com o doente, aposto que tem muitos contaminados e com esta história de más notícias, choro e nariz correndo, tenho certeza que vai ter vírus voando a dar com pau. Eu não iria, só se quisesse pegar a doença.

Lydia ficou pensativa:

— Como é que o senhor sabe do Eduardo?

— Trabalho lá no hospital, a turma me conta.

— O senhor não foi na UTI?

— Não fui, nem posso e, sinceramente, nem quero, alguns colegas que trabalham lá também pegaram a doença. Eu pergunto para meus amigos da enfermagem, depois que eles já saíram da UTI, já tiraram toda aquela roupa de marciano, já se lavaram — e a gente senta bem longe, quase tem que gritar para falar. E eles saem muito cansados, a gente não pode abusar, os caras querem é ir embora para casa, com aquele medo monumental de serem carregadores do vírus.

Ananias olhou de soslaio:

— Coragem eles têm, tudo bem com eles, mas arriscar a família não sei não... Eu não arriscaria.

Nesta hora apareceu tio Zulmiro. Viu a porta encostada e foi entrando. Também queria saber notícias do Eduardo:

— A Zulmira está rezando por ele...

Ananias, ex-evangélico, olhou para Lydia, ex-Eduardo, e perfidamente colocou:

— E você acha que adianta?

Tio Zulmiro ficou bravo:

— Claro que adianta, ela rezou por mim e eu não peguei esta porcaria. Eu devia ter pedido para ela rezar por todos, foi falta de expediente. Ela está rezando pela cura do Eduardo, se não fosse ele a gente não teria faturado tudo que faturamos.

E assim se despediram e se separaram, não sem antes Lydia e Ananias terem trocado números de celulares. Ela também pegou o celular do Jorge e insistiu:

— Por favor, senhor, tente me dar mais notícias.

Jorge perguntou:

— Mesmo se forem ruins?

— Mesmo assim: é pior ficar sem saber. O Eduardo não tem mais ninguém, sou só eu, a menos que ele tenha outra da qual eu não saiba, mas duvido.

E começou a chorar de novo. Jorge e Ananias quase abraçaram a moça, mas naquela época de covidação acharam melhor não, especialmente o Jorge que era contato direto de dois doentes graves, um dos quais já morto.

E ele estava cismado com um incômodo na garganta, logo ele que nem pegava gripe... Se despediram. Ananias foi o último a sair, enfiou a chave no bolso e filosofou. "Ficou a casa vazia, sede de uma ex-firma...", pensou o Ananias, olhando pela última vez para a casinha, quase dobrando a esquina. Pensou também que na vida do Eduardo, tudo era assim, de ex em ex.

Capítulo XV

Tio Zulmiro voltou para casa muito infeliz. Assim que tia Zulmira viu o marido com um pacote, foi pegando o maço de notas:

— Tudo isto? Nada mal.

E tio Zulmiro:

— Onde vai guardar a grana, meu bem?

— É da tua conta? Se você achar, isto some em instantes ou vira cerveja que você vai pagar para aquele bando de imprestáveis.

Tio Zulmiro, como sempre, se conformou. Não quis nem falar do Guilherme, do Eduardo, ficou com medo de ela se assustar. Ele também estava meio cismado. Começou a notar dor de garganta, uma tosse chata e uma séria preocupação com o futuro. Primeiro, porque a fonte do dinheiro secou e, segundo, porque apesar dos muitos anos de casamento, conviver com tia Zulmira assim na época de isolamento não era simples. Tio Zulmiro logo percebeu que já que ele estava em casa, Zulmira o encarregaria de muitas e numerosas tarefas das quais historicamente ele sempre tinha conseguido se livrar. Aquela calha entupida, aquela torneira da cozinha que sempre estava vazando, a sala com uma trinca na pintura, aquela tomada que não estava funcionando, a lâmpada do corredor que precisava ser trocada, o aspirador que também precisava ser trocado, o coitado tinha mais tempo de vida que eles de casamento, a limpeza para valer no forno que estava cheio de gordura... A lista era enorme e tia Zulmira não esquecia, com aquela memória de elefante.

Zulmira gritou lá dá cozinha:

— A escada para você trocar a lâmpada está lá no fundo. Toma cuidado, que você já não é criança e se cair e quebrar alguma coisa, não tem como ter atendimento no hospital.

Tio Zulmiro ficou indignado:

— Como não tem? Eu paguei o convênio e todos os atrasados, tenho aqui no celular o recibo, eles têm que atender...

Tia Zulmira suspirou:

— Ah minha nossa, este homem ou não entende ou se faz de burro... Meu querido, do jeito que os hospitais estão cheios de gente encovidada, não tem pessoal para atender o resto. Ou você não assiste jornal da televisão?

Tio Zulmiro contraponteou:

— Mas eles têm um contrato com a gente, têm que atender...

Zulmira suspirou de novo:

— E você acredita que eles vão fazer tudo que está no contrato? Aposto que tem uma cláusula em letrinhas bem pequenas, daquelas que não dá para ler sem lupa, dizendo que em época de epidemias, guerras ou coisas do tipo o contrato não vale... Como você tem fé em papel, Reynaldo! Deixa para lá, só não me caia da escada, coloca direito e vai trocar esta lâmpada que você me prometeu que trocava há mais de ano e até hoje nada. Só não troco eu mesma, porque se eu cair e quebrar o fêmur, só tenho você para me acudir e isto me deixa terrivelmente preocupada...

Tio Zulmiro quis fazer graça:

— Não confia em mim?

Foi o suficiente para tia Zulmira perder de vez a paciência:

— Porra, estou com você há tanto tempo e você ainda me pergunta isto? Não desconfia? Vai trocar esta maldita lâmpada, deixa de enrolação, não dá para inventar agora que você tem compromissos muito importantes para trazer dinheiro para a gente, os compromissos acabaram, não é? E por falar nisto, seria interessante procurar outra boca, o que temos dá para alguns meses, até que foi bastante, mas um dia acaba. Vai, pô! Não é tão difícil, é?

Capítulo XVI

Tio Zulmiro encostou a escada na parede, pegou a nova lâmpada, foi até lá em cima, olhou para baixo, sentiu vertigem, agarrou na escada, a escada tremeu, a nova lâmpada caiu no chão, tio Zulmiro xingou a mãe do fabricante de lâmpadas. Desceu da escada, pegou a lâmpada nova, olhou, não parecia ter sofrido grande trauma, subiu de novo, desatarraxou a velha, a velha caiu no chão, tio Zulmiro desceu de novo pela escada, pegou a lâmpada velha que, esta sim, rachou, pensou com ele mesmo que não havia qualquer motivo para ele descer e pegar a lâmpada velha, pois podia fazer isto depois de atarraxar a lâmpada nova. Subiu de novo, atarraxou a lâmpada nova, desceu, pegou a velha, ligou o interruptor e... nada de luz.

"Será que o filamento quebrou no tombo?", pensou. Voltou lá para cima, tirou a nova lâmpada, desceu, olhou e... Batata! O filamento estava rompido. Gritou para tia Zulmira:

— Meu bem, tem mais lâmpadas novas? Essa aqui não funciona.

Tia Zulmira não gostou:

— Como não funciona? Eu testei todas quando comprei, estavam todas boas. Você deve ter feito alguma coisa errada. Minha nossa, este cara nem para trocar lâmpada serve...

Tio Zulmiro, apesar de ofendido, assumiu:

— Se não sirvo, vem você e troca. Eu seguro a escada e se você cair, te amparo.

— Com você na retaguarda, sei lá o que pode acontecer, mas coisa boa não vai ser. E se eu cair e você me amparar, não vou quebrar só o fêmur, vou no mínimo quebrar mais alguns ossos, além de quebrar você.

Deu um intervalo. Tio Zulmiro conseguiu ouvir, apesar de ela falar baixinho:

— Até que valia a pena...

Ele reclamou:

— Ouvi, tá?

Tia Zulmira veio com uma lâmpada nova na mão:

— Aqui está uma nova, vê se desta vez faz direito...

Tio Zulmiro reclamou:

— E tem jeito de fazer isto errado?

Tia Zulmira não teve dúvidas:

— Não parece que tenha, mas juro que se tiver você descobre. Vamos lá, homem!

Ele foi, teve tontura de novo, atarraxou a nova lâmpada. Tia Zulmira, que estava olhando todo o procedimento, ligou o interruptor. Que alegria, luz!

Tio Zulmiro desceu da escada triunfante:

— Tá vendo?

Tia Zulmira sorriu:

— Milagres acontecem. Agora vá ver a torneira que não para de pingar...

— Peraí, não tenho a menor ideia do que fazer para resolver este problema. É caso de encanador.

Tia Zulmira concordou:

— Perfeito, é isto mesmo. Vai e arruma um e que não seja caro. E vê se faz isto hoje, não deixa para amanhã que te conheço, vai deixando e não resolve nunca...

Tio Zulmiro ficou se perguntando como é que se arruma um encanador, ainda mais naqueles tempos de epidemia. Deviam estar trabalhando, mesmo que não estivessem na lista daqueles serviços essenciais — claro que eram essenciais. E deviam estar cobrando os tubos. Mas o problema de pagamento vinha depois, primeiro precisava achar um. Tio Zulmiro costumava usar os conhecimentos informáticos do Eduardo para descolar este tipo de informação, mas sem Eduardo, fazer o quê?

Bem, o Ananias era o presidente da ex-sociedade, ele tinha o contato do celular, ligou e pediu o favor. Ananias deu risada:

— E o senhor acha que eu conheço o pessoal de consertos de casa? Não trabalho com isso, mas você teve sorte, eu tenho o telefone e o endereço de um que até mora aqui perto. Deixa um recado, ou então vai até lá e fala com seu Honório, é boa gente e não costuma meter a faca.

Tio Zulmiro agradeceu, avisou tia Zulmira que ia atrás do encanador e saiu. O problema é que tio Zulmiro não voltou. Tia Zulmira começou a ficar preocupada algumas horas depois, mas nada do indivíduo dar as caras. O que ela não esperava foi um telefonema do Ananias:

— Dona Zulmira? Que bom que encontrei a senhora. O seu esposo está no mesmo hospital do Eduardo, a senhora tem o telefone do Jorge? Se não tiver eu dou, ele consegue informações de lá.

— Mas que foi que aconteceu?

— O que eu sei é que dei para ele o endereço de um encanador, ele foi até lá, mas não chegou. Seu Honório mora numa ladeira e seu marido começou a subir, sentiu muita falta de ar, sentou na sarjeta e me ligou. Fui até lá, ele estava realmente com dificuldade para respirar e muito assustado. Então chamei o Jorge, coitado, nossa ambulância disponível, e levamos, eu e o Jorge, para o tal hospital onde ele trabalha. Nem precisamos pedir nada. Quando o Zulmiro chegou, já passaram ele na frente da fila e levaram para o oxigênio e avisaram que se não melhorasse logo ia para o respirador. Só não foi na hora porque a UTI estava lotada, mas como disse um enfermeiro para o Jorge, tem um cara que está indo e o Zulmiro é o primeiro candidato à vaga do falecido...

Tia Zulmira exclamou:

— Eu tinha certeza que essa empresa do Eduardo não ia dar certo. Nem foi a primeira que ele inventou que foi para o brejo. E agora o meu homem doente, e nem sei se ele passou isso para mim.

Suspirou:

— E agora, que é que eu faço?

Ananias ficou condoído. E preocupado; já tinha cuidado de uma viúva, não estava a fim de cuidar de outra...

Tia Zulmira continuou:

— Rezei por todos vocês, mas me esqueci de rezar pelo Reynaldo, agora Nossa Senhora me castiga...

Ananias tentou consolar:

— Não é por isso, a senhora não rezou pelo Eduardo? E pelo Guilherme?

— Rezei por todos, até por aquela sem-vergonha da Miminha. Meu marido bem que ficava olhando aquela esbórnia, ela e o Heitor, e acredite, rezei até pelo malandro de Heitor.

— Então... Não foi por falta de reza que o seu marido ficou doente. É por causa de um vírus, uma infecção, uns pegam uma doença mais leve, outros mais grave, mas a senhora há de ver, no fim tudo dá certo.

Tia Zulmira não acreditou:

— Tudo dá certo, não é? E o Guilherme? E o Eduardo, que está mal? Sabe de uma coisa, foi tudo culpa do Eduardo que inventou esta firma e deixou vocês todos juntos se expondo. Deus castiga sim, mas porque tinha que pegar o meu marido, que nem sabe ficar sozinho em lugar nenhum, eu sempre tomei conta dele, é pior que criança...

E lá veio choro. Ananias se lembrou do seu tempo de obreiro evangelista — traduzindo para uma linguagem compreensível, auxiliar de pastor — onde viu o pastor enxugar muitas lágrimas, mas nunca pegou o jeitão do cara, é carisma, é vocação, sei lá o que é, mas não é qualquer um que consola uma pessoa até o ponto em que ela doa para a igreja... Não é assim fácil... É um dom ou então uma vocação muito bem vocacionada...

Mais uma vez, Ananias deu o telefone do Jorge, imaginando que o Jorge ia acabar cheio de ser o call center de informações médicas dos amigos. Perguntou para tia Zulmira se podia fazer mais alguma coisa por ela. Tia Zulmira disse que sim:

— Você pode me dizer como é que eu faço para saber se eu também peguei estas desgraça?

Ananias explicou:

— Precisa fazer exames, mas tem uma fila enorme para fazer. A senhora pode procurar algum lugar do governo que faz de graça ou então dá para fazer em laboratório particular, pagando. Aí não demora tanto e a senhora não precisa ir num lugar onde está cheio de gente que acha que está contaminada. Alguns devem estar mesmo, aí se a senhora não está, fica...

Tia Zulmira perguntou:

— E se eu estiver, faço o quê?

Ananias a desanimou:

— Nada, não tem o que fazer. É esperar para ver se fica doente. Me disseram que a maior parte dos que pegam não tem grande coisa, uma tosse, uma febre e fica por isto mesmo, mas alguns ficam graves e aí só no hospital.

Tia Zulmira fez que não acreditou:

— Mas não tem remédio? O presidente não disse que tem a cloroquina — ele e o loirão presidente dos Estados Unidos?

O Ananias sorriu:

— Dona Zulmira, estes caras entendem de medicina como eu entendo de física quântica ou o meu pastor entendia de filosofia...nada de nada. Não vai atrás deles. O tal loirão não sugeriu que as pessoas tomassem água sanitária?

Tia Zulmira não acreditou:

— Não pode, está lá no rótulo que queima, o senhor está brincando...

— Gostaria de estar, mas aconteceu, a senhora não viu no jornal?

— Não leio jornal, só tem desgraça, todo mundo é bandido... E o pior é que deve ser verdade...

Tia Zulmira ligou para o Jorge. O Jorge atendeu afobado:

— Se é a respeito daquele dinheiro que estou te devendo, me dá uns dias que a gente acerta...

Tia Zulmira percebeu que não era bem quem o Jorge esperava no telefone, se identificou e pediu notícias do tio Zulmiro.

O Jorge ficou sem graça:

— A senhora me desculpe, são os negócios que estão muito complicados com este raio de isolamento que não acaba nunca... Como a senhora já sabe, ele está no hospital, chegou e duas horas depois foi para a UTI e está entubado.

Tia Zulmira gritou:

— Que negócio é este de estrepado?

— Não, minha senhora, entubado, um tubo na garganta para melhorar a respiração.

Mas o Jorge pensou com ele mesmo que estrepado não era uma má definição da situação do tio Zulmiro...

— E eu não posso ver nem chegar perto?

O Jorge achou que era uma pergunta retórica, ela sabia muito bem que não podia, mas dourou a pílula:

— Dona Zulmira, se ele estivesse em condições, eu seria o primeiro para pedir para a senhora ficar longe do hospital. Lá está cheio de doente e deve haver Covid voando em tudo quanto é canto, especialmente na UTI, onde, aliás, não tem visita. O pessoal está trabalhando com menos gente do que é preciso, então a última prioridade é dar informações para a família. Amanhã eu passo no refeitório, falo com meus amigos e, aí sim, vou ficar sabendo o suficiente para informar a senhora.

Tia Zulmira não gostou, achou o Jorge meio grosso. Mas afinal quem deu uma mão para o Reynaldo foi ele mesmo e o Ananias, que ela achou muito mais simpático. Enfim, que fazer a não ser esperar e prestar atenção: a garganta estava com alguma coisa esquisita, um pigarro que ela normalmente não tinha...

Capítulo XVII

Passaram-se vários dias. Jorge ligava — honra seja feita — todo dia, mas as notícias não eram o que tia Zulmira queria ouvir. Primeiro, informou que o Eduardo morreu. Depois, contou que tio Zulmiro continuava no respirador e lá pelo sétimo dia de ventilação, quando tentaram tirar o ventilador, tio Zulmiro delirou. Isto não era raro em paciente grave, mas tio Zulmiro fez um discurso que parecia do ministro das relações exteriores, sem pé nem cabeça, acusando o mundo por persegui-lo ou algo assim. Precisou ser sedado e voltou para o respirador.

Tia Zulmira media a própria temperatura de duas em duas horas, com um velho termômetro de mercúrio que ela tinha em uma gaveta e guardava havia uns 30 anos; tanto chacoalhou o pobre termômetro que o espatifou no canto de uma mesa. Foi comprar outro na farmácia e descobriu que este modelo que ela tinha estava fora de linha há muitos anos.

— O que tem hoje é digital — explicou o Chico da Farmácia. — Qualquer um usa fácil, não tem segredo. Tem o preço, que aumentou, porque como tantas coisas, é importado da China e tudo que é importado está deste jeito, demora e com o dólar na casa do chapéu, a senhora sabe como é...

Tia Zulmira reclamou do preço, pediu desconto, não conseguiu, abriu a embalagem, olhou e perguntou:

— Mas, moço, será que não é possível fazer esta porcariazinha aqui no Brasil mesmo, precisa vir da China?

O farmacêutico foi politicamente muito incorreto:

— Senhora, aqui no Brasil a gente cria vaca, frango e planta soja. Qualquer coisa mais complicada a gente importa. E agora que a importação está difícil, veja como ficamos. E não é porque a gente não tenha capacidade de fazer as coisas, se um chinês que acabou de sair da plantação de arroz faz a gente também faria, mas neste sistema que nós temos, qualquer um que faça qualquer coisa desiste — é imposto, é propina, é burocracia — melhor mesmo é cuidar das vacas... E a senhora nem queira saber dos remédios — quase tudo vem de fora, a maior parte da Índia, daqui a pouco vai faltar, a senhora vai ver. A senhora tem alguma medicação de uso crônico? Se tiver é melhor comprar agora quando ainda tem e o preço não subiu, porque logo vai subir ou se não subir, vai sumir...

Tia Zulmira não tinha nenhuma doença crônica, se tivesse, não sabia que tinha, e não era naquele momento que iria procurar um médico para saber. O que ela queria é saber da evolução do tio Zulmiro.

Tia Zulmira estava dando aula pelo computador quando Jorge telefonou para ela. Ela estranhou, em geral tia Zulmira era quem ficava caçando o Jorge para mendigar notícias:

— Dona Zulmira, o seu marido está muito mal. Deu uma bruta piorada depois que voltou para o tubo, o meu amigo enfermeiro me disse que casos assim raramente saem...

Tia Zulmira se pôs a chorar, e o Jorge pensou lá com ele que trabalhar em hospital tem destas coisas, você acaba pegando o espírito da coisa embora o trabalho dele, no almoxarifado, não tivesse absolutamente nada a ver com a prática da medicina, da enfermagem, do serviço social ou qualquer coisa do gênero...

Depois de alguns instantes em silêncio, tia Zulmira desabafou:

— E agora, que acabou esta boca, o que vou fazer para ganhar alguma coisa a mais? O que ganho de professora é uma merreca. Sem poder sair, nem dá para fazer faxina, que é o que sustentava a mim e ao meu preguiçoso marido. A gente sempre teve medo de uma doença que nos pegasse, o convênio é uma porcaria e o SUS — bem, não é hora de falar mal do SUS, onde cuidam do Reynaldo. Seu Jorge, eles têm tudo para cuidar bem dele?

Jorge foi franco:

— Tem o que é preciso, sem luxo. Tudo ninguém tem, nem hospital particular de luxo.

— Então o senhor acha que eu não devo ir lá?

— Não só acho como tenho certeza. Não tem porque ficar naquela saleta esperando informações, se expondo. A senhora não é uma criança, tem risco...

Tia Zulmira, em meio às lagrimas, sorriu:

— Está me chamando de velha?

Jorge engasgou:

— Não foi isso, a senhora até que está bem conservada...

Tia Zulmira observou:

— Bem conservada e aguentando o Reynaldo e sua vagabundice, vivendo sempre da mão para a boca. Mas eu entendo o que o senhor quer dizer, não fiquei chateada — só um pouco... Então o senhor me dá as notícias?

Jorge reprometeu que dava. De fato passou a ligar duas vezes ao dia para tia Zulmira, o que não durou muito, porque dois dias depois foi a última:

— Dona Zulmira, lamento lhe informar, mas...

Ela nem deixou terminar a frase:

— Já sei, morreu.

— É, a senhora agora precisa ir lá na recepção e se identificar para retirar o corpo. Recomendaria que a senhora deixasse a burocracia com alguém de uma funerária. Se quiser tem uma de uns amigos, que funciona muito bem e eu posso ligar para eles e pedir um desconto.

Tia Zulmira aceitou a proposta. Foi ao hospital apenas para acertar os papéis. Como tio Zulmiro não tinha manifestado nenhuma vontade de ser enterrado, achou melhor cremar. Jorge e o Ananias pegaram alguma coisa da parte deles na firma para ajudar a pagar. "Cremação sai de cara mais caro, mas é claro que depois não tem conta de manutenção", pensaram.

O senhor da funerária foi muito gentil. Disse que para amigos do Jorge ele costumava dar um desconto e até furar a fila da cremação. Os crematórios públicos, naquela fase de encovidamento da cidade, estavam funcionando, literalmente, a todo vapor. Ainda assim, tia Zulmira teve que esperar alguns dias, com o corpo em caixão fechado e lacrado, armazenado na funerária mesmo.

Não houve praticamente nenhuma cerimônia de cremação. Lá estávamos somente tia Zulmira e eu, o sobrinho do tio Zulmiro que vos conta essa história.

Epilogo

Depois de uns dias, Ananias e Elias marcaram um encontro no barzinho da esquina, que não deveria estar aberto, mas estava — o dono tinha certeza de que se não abrisse ia quebrar, e logo.

Era como se fosse uma despedida de tio Zulmiro, algo tipo velório sem velório, mas com comida. Tiveram a gentileza de me convidar, em consideração ao morto. Pedimos umas coxinhas, que tinham massa demais e frango de menos. Elias começou o papo:

— Agora acabou mesmo. Depois do enterro do Zulmiro o caixa zerou. Pois é, meu amigo, foi bom enquanto durou...

Ananias se lamentou:

— Você sabe, Elias, ouvi falar que tem um outro negócio muito bom por aí, aproveitando essa epidemia. Dá até mais dinheiro, a gente só precisa de contatos e depois acertar os ponteiros com estes motoboys que correm por aí entregando comida.

— Você quer entrar neste mercado? Já tem tanta gente...

— Entregar comida? Não, meu amigo, tem coisa muito melhor que pesa muito menos e tem um baita mercado agora que está difícil sair de casa.

— Que coisa?

— Droga, meu caro, droga. Cocaína, crack, maconha. Aquela molecada que usa — e até os que não são tão moleques, mais velhos — está presa em casa, provavelmente subindo pelas paredes para arrumar alguma coisa. A gente pode pedir para a Lydia e usar a casa do Eduardo como sede. Refazer a firma. Conversar com um cara que trabalha nisso, que está sem vender e amargando o prejuízo, dar a ideia e ir para a briga...

Não dei palpite. Sabia de muitas coisas sobre a firma, porque tio Zulmiro sempre me contava as novidades, mas me fez jurar que não contaria pra mais ninguém. Esperei até que Elias respondeu:

— Primeiro, aposto que alguém já teve esta ideia, provavelmente o cara da droga. Se não teve, e você der a sugestão, para que ele precisa da gente? Contratar estes moleques é fácil, e se eles juntarem entrega legal de comida com as substâncias que o chefe da droga tem, é perfeito, ninguém pega. Ou então, Ananias, algum dono de restaurante fazendo delivery já deve ter imaginado algo assim. E se meter com os caras da droga — como é que isso te passou pela cabeça?

Ananias explicou:

— Quando eu ajudava o pastor ele tinha um bando de drogados aos quais ele dava apoio espiritual. Mas já peguei o pastor com cheiro de maconha. Um dos nossos beneméritos era um destes caras de que a gente desconfia: moleque moço, carro caro, corrente de ouro no pescoço, relógio chique. O pastor dizia que ele era um pecador, mas ajudava muito a igreja, e afinal todos nós éramos pecadores, em graus maiores ou menores, não é? Então foi neste cara que eu pensei para iniciar nosso negócio.

Elias ficou curioso:

— Evangélico mexe com drogas?

Ananias riu muito:

— Tem evangélico de tudo quanto é tipo... Tinha até eu. Agora falando sério, você acha que é fria?

— Gelada, meu amigo, *iceberguica!* Não, meu amigo, vamos nos contentar com o que faturamos durante a vida breve da nossa firma, lamentar os mortos, invejar o Heitor que deve estar comendo a Miminha e torcer para que ninguém mais tenha doença grave, porque contaminados, meus amigos, aposto que estamos todos. Agora me conta da Lydia, a viúva do Eduardo. Você está a fim?

Ananias deu um sorrisinho:

— Deu para perceber, não é? A fim estou, não sei se ela está. Mas vou dar uma de amigo preocupado, consolar a moça e quem sabe...

Para o sem-vergonha do Ananias, não era quem sabe. A preocupação dele era se daria para continuar pegando a Lydia, depois do choque da viuvez. Será que ela continuaria a fim?

Elias ponderou:

— Ok, vai e aproveita o que der. Mas estou preocupado com a coitada da Zulmira, sozinha. De todos nós é quem tem menos recursos, ela não tem ninguém... Olhou pra mim e completou:

— Tem você, moço forte, sacudido.

— Mas sem grana — retruquei.

— Pois é, mas a gente não pode transformar a antiga firma numa ONG beneficente, não tem sentido. — completou Ananias. — De obras boas já chegam as que fiz no tempo da igreja, agora vou é cuidar de mim mesmo. Mais um café?

Elias não queria. Queria na verdade que o mundo reabrisse, para que ele pudesse voltar para a lojinha. Não era pedir muito, era? Talvez fosse.

Argumentei que o mundo pós-Covid seria mais difícil do que já era antes dele:

— Quando acabar a quarentena, tia Zulmira vai voltar a fazer faxina, só que usando muito álcool, álcool em gel e desinfetante. Pobre tio Zulmiro, pobres de todos nós com esta peste circulando...

Passaram-se alguns meses. Felizmente ninguém mais ficou com sintomas: ou não pegaram a doença ou então tiveram a forma mansa, assintomática e ficaram bem. Ananias de fato parece que descolou a Lydia e a dupla Heitor e Miminha continuou junta, com a participação do Edgar.

Adoraria encerrar essa história como nas novelas da televisão e dizer que tia Zulmira também conheceu um par, mas infelizmente isto não aconteceu. A doença continuou a pleno vapor. E quando a situação melhorou um pouco, veio uma segunda onda. E depois uma terceira, sei lá quantas mais.

Bem, mas essa história tem um final feliz. Fui à casa do Eduardo. Ananias me emprestou a chave e disse para devolver à dona Lydia. Então tive a ideia de remexer no armário dele. Não tinha nada de importante, mas no fundo encontrei um gavetão. Desceu um espírito — pode até ser do tio Zulmiro, sei lá, estas coisas do além —, tirei o gavetão e embaixo tinha um tesouro, algumas notas de 100 que o Eduardo deve ter sequestrado lá. Pensei: "Bem, ninguém sabe disso, é coisa pouca, a Lydia pelo jeito já descolou o semipastor. É isso. Vai ficar pra mim. Em memória do tio Zulmiro.

Agradeço à Heidi Strecker, que melhorou demais o texto inicial com suas sugestões, à Marisa Moura, que me pôs no seu plantel de escritores, ao Antoune Nakkhle, que viabilizou mais este livro, aos colegas do Hospital Albert Einstein, com as devidas desculpas por fazer este meu hospital participar da história. E ao Marcelo Nocelli, da Editora Reformatório, pelo belo livro e atenção de sempre.

Este livro foi composto em Minion Pro
e impresso em papel pólen bold 90 g/m²,
em março de 2023.